J・M・クッツェー

ポーランドの人

くぼたのぞみ 訳

The Pole J. M. Coetzee

白水社

ポーランドの人

装幀：中島 浩

装画：Vuillard, Edouard
The Green Interior (Figure Seated by a Curtained Window), 1891.
© The Metropolitan Museum of Art. Image source: Art Resource, NY

カバー・扉 楽譜：Handwritten score for 24 préludes Op.28-1 by Frederic Chopin.
© Bridgeman images ／ PPS 通信社

目次

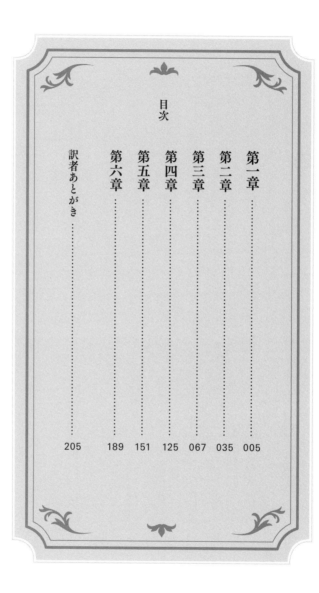

本書を仕上げる過程で助言、協力してくれた
マリアナ・ディモプロス、ジョルジュ・ロリ、
ヴァレリー・マイルズに感謝します。

第一章

1 そもそもの初めは女が彼を悩ませ、その後ほどなく男が悩みの種となる。

2 その女がだれか、最初のうち彼はあますところなく明快に把握していた。背が高くて気品《グレイスフル》がある。型通りの基準に照らせば美人とはいえないかもしれないが、容姿は――黒っぽい髪と目、高い頬骨、肉厚の唇は――はっと目を引き、低いコントラルトの声は耳に心地よく、上品な魅力がある。セクシーか？ いや、セクシーではない、それにもちろん、男を惑わす妖艶さはない。若いころはさぞやセクシーだっただろう。あれほどの容姿なら、セクシーでなかったわけがない。でも四十代のいま、女はちょっとした距離をとるこつを身につけている。歩き方は――とりわけそこに人は目をやる――腰を左右に揺らさずに、背筋を伸ばして、床を滑るように歩く。堂々と、といっていいほどだ。

それが女の外見から男がざっくり判断するところ。女の内面は、その魂は、おいおい明らかになるだろう。これは間違いないと男が思うのは、女が善良で、親切で、優しいことだ。

3 男のほうははるかに厄介。コンセプトとしては、彼もまたあますところなく明快だ。ポーランド人で、七十代の男、精力旺盛な七十代のコンサートピアニストで、ショパン弾きとして名を馳せているが、その演奏法については異論も多い。彼の弾くショパンはおよそロマンチックとはいえず、逆にどこか禁欲的で、バッハの継承者としてのショパンである。その点ではコンサートシーンの奇才であり、その風変わりさがバルセロナの少人数ながら耳の肥えた聞き手の関心を引いて、その都市へ招聘された彼は、気品のある、もの柔らかな話し方の女と出会うことになる。

ところが舞台で脚光を浴びるや、たちまちポーランド人は変貌しはじめる。人目を引くふさふさの銀髪と、ショパンを独自の解釈で弾く奏法によって、そのポーランド人は間違いなく個性際立つ人物であることがわかる。だが、魂や感情の面となると厄介なほど不透明だ。ピアノに向かえば申し分なく魂をこめて演奏するが、彼を支配しているのはショパンの魂であって、彼自身の魂ではない。もしもその魂が異様なまでにドライで厳しいと人の目に映ったとしたら、それは彼自身の性格に潜む、なんらかの渇きを示唆しているのかもしれない。

4　ふたりは何処からやってきたのか？　背の高いポーランド人ピアニストと、滑るように歩く優雅な女、銀行家の妻で日々を良き仕事に充てる女は？　ふたりは一年を通してドアを叩きつづけた。なかに入れてほしい、さもなければ解放されて安眠したい、と思いながら。さあ、ここでふたりに登場していただこう。

5　そのポーランド人の招聘は、バルセロナのゴシック地区にあるサラ・モンポウで毎月演奏会を開いているサークルからやってくる。もう何十年も続いている演奏会は、だれもが聴きにいけるが、チケットが高額なので、聴衆はどちらかというと裕福な、高齢の、保守的な好みの人たちだ。

くだんの女——名前はベアトリスー——は一連の催しを運営する委員会のメンバーである。女はこの役割を市民の義務としてやっているが、それは愛が善であるように、チャリティが、美が、善であるように、音楽そのものが善だと信じるからでもあって、それが人びとをより善き人間にすることはさらに善いと信じているからだ。自分の信念がナイーヴなのは百も承知だが、とにかく頑なにそう信じている。知的ではあるが内省的ではないのだ。彼女の知性の幾分かは、内省しすぎると意志を麻痺させかねないと認識しているところにある。

6　そのポーランド人――名前にwとzがやたら出てくるため、委員会メンバーはだれひとりきちんと発音しようとさえせずに「あのポーランド人」とそっけなく呼ぶ人物――の招聘は、注意深く検討を重ねたうえで決めたことだ。彼を候補に挙げたのはベアトリスではなく友人のマルガリータで、コンサートシリーズを陰で動かしてきた人物だ。若いころマドリードの音楽院で学んでいたので、音楽にはベアトリスよりはるかに精通している。

マルガリータによれば、そのポーランド人は生地《せいち》で新世代のショパン演奏家を先導してきたそうだ。ロンドンでのコンサート評が回覧される。評者は、打楽器のように激しく弾くショパン――プロコフィエフ風なショパン――は遠い昔日のものだと述べる。それはフランス=ポーランドの巨匠を、繊細で、幻想的で、「フェミニンな」精神にブランド化したことへのモダニスト的反動にほかならなかった。新たにあらわれた歴史的に正統なショパンは、柔和な音色のイタリア風ショパンである。そのポーランド人のショパン再解釈は、やや知的すぎるきらいはあるものの賞賛に値する。

彼女は、ベアトリスは、歴史的に正統なショパンの夕べを聞きたいのかどうかよくわからない。もっというと、どちらかというと生真面目で融通のきかない人間の多いこのサークルが、はたしてそれをすんなり受け入れるだろうか確信がもてない。だがマルガリータの考えは揺るぎなく、マルガリータは友人なので、支持にまわる。

というわけでそのポーランド人を招聘する話は進み、日程と謝礼が提示されて受諾された。そしてその日が到来した。空路ベルリンからやってきた彼は空港で出迎えを受けて、車でホテルへ移動したところだ。予定では、その夜リサイタルが終わったらベアトリスがマルガリータやその夫といっしょに、彼をディナーに連れていくことになっている。

7 ベアトリスの夫はなぜみんなといっしょに来ないのか？　答えは、彼がコンサート・サークルのイベントには決して参加しないからだ。

8 計画はとてもシンプル。ところが予期せぬ事態となる。当日の朝マルガリータから電話があって、病気に罹ったという。病気に罹った《カイド・エンフェルマ》とはまた妙に形式張った言い方だ。どんな病気に罹ったのか？　マルガリータはいわない。なんだか曖昧、わざとそうしている感じがする。だがコンサートには来ない。夫も無理。だから彼女に、ベアトリスに、接待係をやってくれないかという。ということはベアトリスが、ゲストをホテルからしかるべき時刻にコンサート会場へ移動させる手配をし、終演後はもてなし——ゲストがもてなしを希望すればだけれど——自国へ帰ってから友人たちに「ああ、バルセロナはまあまあ楽しかったよ。そう、みんな細やかに気遣ってくれて」といえるようにするってことか。

「わかった」とベアトリス。「わたしがやるから、早く元気になって」

9　マルガリータとは子供のころから、修道女の運営する学校時代からのつきあいだ。いつも、この友人の気力、冒険心、人前で物おじしないところがすごいと思ってきた。いまやその代役をしなければならない。見知らぬ街を束の間訪問する男をもてなして、それからどうする？　あの年齢だから、まさかセックスは期待していないだろう。でもきっと、ちやほやされたいとは思っているだろうし、ちょっとした火遊びを期待しているかもしれない。ベアトリスは火遊びの術をマスターしたいと思ったことはない。マルガリータは別だ。男たちとサラッとつきあう。ベアトリスはマルガリータが相手をものにするところを一度ならず目撃して、ニヤリとなったことがある。でも真似したいとは思わない。今回のゲストがちやほやされる方面に大いなる期待を寄せているとしたら、落胆することになるだろう。

10　マルガリータによれば、そのポーランド人は「一度聞いたら忘れられない」ピアニストだそうだ。パリで彼の演奏を生《イン・ザ・フレッシュ》で聞いているのだ。考えられるのは、マルガリータとそのポーランド人のあいだでなにか肉体《イン・ザ・フレッシュ》的なことがあって、それがバルセロナへ彼を招聘すなんでこんなにややこしくなってしまうの？　「病気に罹った」とはそういうこと？　それとも彼女の夫がついに、もうたくさんだとダメ出しをした？　それともマルガリータが怖気づいた？　それとも……ることへと繋がったものの、土壇場になってマルガリータが怖気づいた？

さあそれで、彼女は会ったこともない人の面倒を見なければいけないのだ！　どう見ても彼がスペイン語を話すとは思えない。英語もできなかったら？　フランス語を話すポーランド人だったら？　コンサート・サークルでフランス語ができる常勤メンバーは、エステルとトマースのレシンスキ夫妻だけだ。おまけにトマースは八十代で、衰えが目立ってきた。快活なマルガリータの代わりに、あらわれたのが老いさらばえたレシンスキ夫妻と知ってそのポーランド人はどう思うだろう？

晩餐会が楽しみとは思えない。旅芸人の人生とはまた！　と彼女は考える。空港、ホテル、すべてちがうがみんなおなじ。我慢すべきホストも、すべてちがうがみんなおなじ。しゃべりまくる中年女とそれに付き添う夫のうんざり顔。どんなひらめきがあっても消沈すること間違いなしだ。

ともあれ彼女はしゃべりまくったりはしない。おしゃべりでさえない。演奏が終わったあと、そのポーランド人がむっつり沈黙に浸りたいなら、彼女もすぐに沈黙しよう。

11 コンサートをプロデュースし、万事とどこおりなく運ぶよう手配するのは楽な仕事ではない。その重責が彼女の肩にずっしりかかってきた。午後いっぱいコンサートホールに詰めて、スタッフに執拗に指令を出し（彼女の経験では、監督者とはしっかり時間をかけるものだから）、些細なことまで指示する。細かくリストアップしてみようか？　いや、やめておこう。とはいえ、その細やかな気遣いあればこそ、ベアトリスは勤勉かつ有能という美点の持ち主だと、だれの目にも明らかになるのだ。一方そのポーランド人は実務能力がなく、積極性もないとわかる。もしも美点が数量によって測れるなら、そのポーランド人の美点は大半が音楽のために費やされ、現実世界に対処する部分がほとんど残っていない。それに対してベアトリスの美点は全方位に、均等に向けられている。

12 パブリシティ用の写真では、もじゃもじゃの白髪に彫りの深い横顔の男が、やや遠くを見つめている。添付された略歴には、ヴィトルト・ヴァルチキェーヴィチは一九四三年生まれで、十四歳のときコンサートデビューを果たすとある。さらに数々の受賞歴とレコーディングのリストが続く。

一九四三年にポーランドで生まれるってどんな感じだったんだろう、と彼女は考える。戦争の真最中で、食べるものはキャベツやジャガイモの皮のスープしかない時代だ。体の成長が妨げられてしまわない？　精神はどう？　ヴィトルト・Wは、骨格に、精神に、欠食児童の痕跡を残しているのかな？

夜中に泣き叫ぶ赤ん坊、ひもじさに泣き叫ぶ赤ん坊。

ベアトリスは一九六七年生まれだ。一九六七年のヨーロッパでキャベツのスープしか食べられなかった人はいない。ポーランドだってスペインだって、いない。彼女は飢えを知らない。一度も。恵まれた世代なのだ。

息子たちも恵まれてきた。精力的な若者になって、それぞれ自分の人生を成功へ導くプロジェクトにかかりきっている。夜中にぐずっても、おむつかぶれか機嫌が悪かっただけで、ひもじさのせいではなかった。

成功への道を突き進むとき、息子たちが手本にするのは母親ではなく父親だ。父親が人生で成功を収めているのは紛れもない事実だ。母親となると、そこまで確信がもてない。栄養たっぷりに育ったあんな精力的な雄の生き物をふたりもこの世に送り出したんだからそれで十分ではないか？

13 彼女は知的な女性だ。良い教育を受けて、本も良く読み、良き妻であり良き母でもある。なのにまともに取り合ってもらえない。マルガリータもそう。サークルのほかの人たちもそう。社交界のレディーたち、とさらりと物笑いの種にされる。その良き仕事ゆえに嘲笑され、彼女たちも自嘲する。なんてバカバカしい運命！　そんなものが自分を待ち受けているなんて思ってもみなかった。

ひょっとしたらマルガリータが、よりによって今日病気に罹ることにしたのはそのせいかも。バスタ！　もうたくさん！　良き仕事なんて！

14 ベアトリスの夫はコンサート・サークルとは距離を置いている。活動領域は別のほうがいい、妻の活動領域は妻のものであるべきだと考えているのだ。

ふたりは別行動をとるようになった。彼女と夫は学生時代はいつもいっしょだった。彼女にとっては初恋の人だったし。出会ったころはふたりとも熱烈な、飽くことを知らない欲情を抱いていた。欲情は子供が生まれてからも衰えなかった。そしてある日、なくなっていたのだ。もう十分だと彼は思った。彼女のほうもそう。それでも貞淑な妻でありつづけた。男たちが声をかけてきても相手にしなかった。嬉しくなかったわけではないが、まだ踏ん切りがつかなかった。自分が独りで踏みだす一歩の、ノーからイエスへ移る一歩の、踏ん切りが。

15 初めてそのポーランド人を生で見たのは、彼が大股で舞台に登場して、お辞儀をし、スタンウェイの前に座ったときだ。

一九四三年生まれ、ということは七十二歳か。動きが滑らかで、そんな高齢には見えない。背の高さに息を飲んだ。背が高いだけでなく、大きい。上着が胸のところではち切れんばかり。鍵盤の上に屈みこむ姿は巨大な蜘蛛のよう。

あんなに大きな手が、あまくて優しいものを鍵盤から引きだすなんて意外だ。なのに手はそれをやってのけている。

男性ピアニストは女性より生まれつき有利なのかな？　だって女があんな手をしていたら

グロテスクに見えてしまう。

手のことなど深く考えたことはなかった。従順に、無償で働くしもべのように、持ち主のためになんでもやってのける手のことなんか。彼女の手には取りたてて特別なところはない。もうすぐ五十歳になる女の手だ。その手をそれとなく隠すことがある。手は年齢をいつわらない。喉がそう、腋窩《えきか》がそう。

彼女の母親が若かったころは、女が人前に出るときは手袋をはめたものだ。手袋、帽子、ヴェール。消えはてた時代の最後の名残り。

16 次にそのポーランド人から強い印象を受けたのは髪だ。べらぼうに白くて、べらぼうに大きな波頭のよう。コンサートのためにあんなふうにするのかな、と彼女はあれこれ考える――ホテルの部屋に腰を下ろし、かたわらにお抱えのヘアドレッサーをはべらせて? でもそれじゃ手厳しすぎるかも。かの「リスト*修道院長」の後継者世代の巨匠たちには、銀髪だろうと白髪だろうと、ふさふさの髪は標準装備だったはずだ。

数年後、そのポーランド人のエピソードが遠いむかしの物語になったとき、初めのころの印象について彼女は思いをめぐらすのだろう。おおまかにいうと、彼女は最初の印象がいちばん重要だと思っている。それは未知の人に手を差し伸べるかその人から身を引くか、心が直感的判断を下すときだから。そのポーランド人が大股で舞台に登場して、長い髪を後ろに振り払って鍵盤に向かったとき、彼女の心は手を差し伸べたりはしなかった。心が下した判断は「なんて気取り屋！　なんて老いた道化！」だった。彼女が最初の直感的反応を乗り越えて、そのポーランド人を彼の人格全体のなかで見るようになるのはもう少し先だ。でもそもそも人格全体とはどういう意味か？　そのポーランド人の人格全体にはもしかして、気取り屋であるとか老いた道化であるとかも含まれていたのでは？

17　その夜のコンサートは二部構成だ。第一部はハイドンのソナタとルトスワフスキの舞踏組曲。第二部にショパンの二十四の前奏曲《プレリュード》が演奏される。

彼はハイドンのソナタを、澄明な、きびきびした調子で弾いた。大きな手が不器用とはかぎらない、むしろレディの手のような繊細さで、いっしょに踊ることができるといわんばかりだ。

＊フランツ・リストは後年人前では僧服を着るようになったことから、アベ・リスト＝リスト修道院長と呼ばれた。

彼女がルトスワフスキの小品を聴くのは初めてだ。バルトークを思わせる、あの農民のダンスを。これはいいと彼女は思う。

それに続くショパンよりもいいと思う。そのポーランド人はショパン弾きとして名を馳せてきたかもしれないけれど、彼女の知るショパンは彼の弾くショパンよりはるかに心の奥に響いてくるし、もっと繊細だ。彼女のショパンには、ゴシック地区から、バルセロナから、彼女を連れ去る力がある。遠いポーランドの平原の、片田舎の大きな古い屋敷の応接間へと運ばれていくと、そこでは夏の長い一日が終わろうとしていて、微風がカーテンを揺すり、薔薇の香りがふわりと屋内へ漂ってくる。

連れ去られ、そのただなかでうっとりするなんて、どう考えても時代遅れだ。音楽が聞き手にもたらすものとして時代遅れだし、おまけに、たぶん感傷的。でもそれが今夜のコンサートで彼女が強く望んでいるものであり、そのポーランド人があたえてくれないものなのだ。

最後の前奏曲が終わって起きる拍手は、丁重ながら、熱狂的ではない。本物のポーランド人によって演奏されるショパンを聴きにきて、落胆することになったのは彼女だけではないのだ。

アンコールに彼は招聘者たちへのジェスチャーとしてモンポウの小曲を演奏するが、心ここにあらずといった感じの演奏で、それが終わると、にこりともせずに舞台から去ってしまう。

たまたま今日は機嫌が悪いのか、それともいつもこうなのか？　これから自宅に電話して、無教養なカタルーニャ人の手になる受け入れ態勢について愚痴をこぼすのか？　故国には彼の愚痴を聞いてくれるポーランド人妻がいるのだろうか？　彼は妻帯者には見えない。これまで何度も泥沼の離婚劇をくり広げて、元妻たちが歯軋《はぎし》りしながら彼を呪っている、そんな男に見える。

18　ポーランドの人はフランス語が話せないとわかる。それでも英語は一応話せる。彼女は、ベアトリスは、米国のマウント・ホリオーク大学で二年過ごしたので英語は流暢だ。というわけでポリグロットのレシンスキ夫妻は補助要員ということになる。とはいえ、肩にかかるホストの重責を少しでも分かち合ってくれるのは歓迎だ。とりわけエステルは。高齢で腰は曲がっていても、針のようにちくりと勘どころを突く。

いつも演奏者を連れていく馴染みのレストランへ彼を案内する。ボフィニという高級イタリアンだ。店内装飾にボトルグリーンのベルベットを使いすぎだけど、信頼できるミラノ出身のシェフがいる。

席につくとまずエステルが口を切る。「マエストロ、崇高な音楽で雲のなかにいたあと、地上に降り立つのは難しいでしょうが」

ポーランドの人は首をかしげて、それまで彼を包んでいた雲については同意も反論もしない。間近では加齢を明かす証拠を隠すのは容易ではない。目の下のくま、喉もとの皮膚のたるみ、手の甲に浮く斑点。

マエストロか。名前の問題はさっさと解決しておくのがベストだ。「よろしければ、どんなふうにお呼びすればいいか教えていただけますか？　もうお気づきでしょうが、スペイン人はポーランド語の名前の発音は苦手でして。ずっとマエストロとお呼びするのもなんですから」

「名前はヴィトルトです。ヴィトルトと呼んでください。どうぞ」

「わたしはベアトリス。こちらは友人のエステルとトマースです」

ポーランドの人は三人の新しい友人に向かって空のグラスを持ちあげる。エステル、トマース、ベアトリス。

「あなたをあの有名なスウェーデンの俳優と見間違いそうになるのは、きっとわたしが最初ではないと思うのですが。だれのことをいっているかおわかりですよね」とエステル。

ポーランドの人の顔にふっと笑みのようなものが浮かぶ。「マックス・フォン・シドー、タチの悪い兄です。わたしの行くところ行くところ、しつこく追いかけてくる」

エステルの見立ては正しい。似たような面長で沈鬱な顔、似たような色あせた青い目、似たような直立姿勢。でも声にはがっかりだ。タチの悪い兄の喉から出る、深々とした響きがない。

「ポーランドのことを話してください、ヴィトルト」とエステルがいう。「なぜ、あなたと同じ国に生まれたフレデリック・ショパンは、あえてフランスに移り住んだのでしょう？　故国に住まずに」

「もしもショパンが長生きしていれば、ポーランドへ帰ったことでしょう」とポーランドの人は時制を間違えないよう気を使いながら答える。「国を出たとき若者で、死んだとき若者でした。若者は自国では幸福ではない。冒険を求めます」

「それであなたは？」とエステル。「あなたはショパンのように、若者のときはご自分の国で満足できなかったのかしら？」

ポーランドの人が、ヴィトルトが、語るチャンスだ。若くて、いたたまれず、故国で不満を抱えているのがどういうことか、退廃的だが刺激に満ちた西側へ逃亡したくて、うずうずすることについて。ところが彼はのってこない。「幸福は最重要なことではありません……最重要な感情では。だれしも幸福にはなれますが」とヴィトルト。

だれしも幸福にはなれるが、飛び切りの優れ者は不幸になる、わたしのような飛び切りの優れ者は……暗にそう伝えたいのか？　気がつけば彼女が話している。「では最重要の感情とはなんでしょうか、ヴィトルト？　幸福が重要でないとしたら、なにが重要なんでしょう？」

テーブル中が静まり返る。エステルとその夫がすばやく目くばせするのがチラッと見える。事態を面倒にするつもりかしらね？　まだたっぷり面倒な時間が残っているのに……彼女、それをもっと面倒にするつもりかしら？

「わたしはミュージシャンです」とそのポーランド人がいう。「わたしにとっては音楽が最重要です」

質問の答えになっていない、彼女がした質問の意味をそらしている、べつに構わないけど。自分が聞いてみたいのに聞かないのは、マダム・ヴィトルトはどうなの？　夫が幸福は重要ではないというとき、どう思うの？　それともマダム・ヴィトルトなんていないのかな――マダムはとうのむかしに逃げだして、だれかほかの人の腕のなかで幸福を見つけたのかな？

21　彼はマダム・ヴィトルトのことには触れず、娘のことを話す。音楽教育を受けてから、バンドで歌を歌うためにドイツに行って、戻ってこないという。「一度、聞きにいったんです。デュッセルドルフに。なかなか良かった。いい声で、よくコントロールされて、あまり良い音楽ではないが」

「そうそう、若い人のすることで……」とエステル。「わたしたちはひどい頭痛が起きたりしますわね。でも、それってあなたにとっては素晴らしいはず――音楽の血筋が続いていくって、確認できるわけですもの。そしてあなたのお国ですが、このところどんな情勢なんですか？　そういえば善良なる教皇、彼はポーランドの方でしたね、ちがったかしら？　ヨハネ・パウロ二世」

善良なる教皇ヨハネ・パウロ二世を話題にするのは、ポーランドの人にとっては気が進まないらしい。彼女は、ベアトリスは、ヨハネ・パウロ二世が善良なる教皇だとは思わない。善良な人だとも思わない。はなから策略家、政治家という感じだった。

22　先月の招聘者だった若い日本人ヴァイオリン奏者のことが話題になる。「ずば抜けたテクニックで」とトマース。「日本ではきわめて早い時期に始めるんだな、音楽教育をね。二歳とか三歳とかで。子供はヴァイオリンを肌身離さず持ち歩く、トイレまで！　体の一部というか、もう一本の腕になって、三本目の腕ですな。マエストロは何歳で始めたんですか？」

「わたしの母は歌手でした」とポーランドの人がいう。「ですからいつも家のなかで音楽が聞こえていました。わたしの母が最初の先生でした。それから別の先生がいて、そのあとクラクフのアカデミーに行きました」

「ということは、ずっとピアニストだったんですね。子供のころから」

ピアニストという語を、ポーランドの人はやけに深刻に考えている。そしてついに「わたしはずっとピアノを弾く人でした」という。「バスのなかで切符を切る人のように。彼は人であり切符を切りますが、切符人《チケット・マン》ではありません」

ということはポーランドにはまだ、バスの車内で切符を切る人がいるのか――合理化で姿を消したわけではないんだ。おそらくそれが、若きヴィトルトが、彼の音楽のヒーローのようにパリへ逃亡しなかった理由かもしれない。ポーランドにはまだ切符を切る人がいて、まだピアノを弾く人がいるから。彼女は初めて彼に親しみを覚える。この真面目の権化みたいな外見の裏に、じつは冗談好きがいるかもしれない、ひょっとしたらだけど、と秘かに考える。

23

「仔牛肉をぜひ試してみて」とトマース。「ここの仔牛肉にハズレはないからね」

そのポーランド人が異を唱える。「夜は大きなお腹ではないんです」といってサラダと、ペストソースを絡めたニョッキを注文する。

大きなお腹とはまた、それってポーランド語の熟語なの？　もちろん彼は大きなお腹なんかしていない。むしろ幾分──といつもの癖で彼女が必要もないのに引っ張り出してくる語は──cadavérico（死人のように痩せこけた）だ。これほどの男は医学部に献体すべきだろう。こんな大きな骨格なら、スキルを磨けると喜んで彼らは受け入れるだろう。

ショパンはパリで埋葬されたけれど、あとから、自分の記憶が正しければ、どこかの愛国的な団体かなにかが墓を掘り返して、彼の生地《せいち》へ運んだはずだ。小さな遺体はひどく軽かった。小さな骨格。そんな小さな男があんなに大きく、あんなに偉大なのか？──あらゆることが語られ成就されたとき、夢見る人として、音による優雅な織物の編み手として、人が人生のすべてを捧げるほどに？　真剣な問いかけだ、自分の心への。

ショパンにくらべても、その後継者であるヴィトルトにくらべてさえも、もちろん自分は真剣な人物とは見なされない。そんなことはわかっているし受け入れている。でも、通りへ飛び出して貧者に食物を分けることだってできるときに、ピアノのキーがポロポロ奏でる音や馬毛が弦を擦る音を辛抱強く聴いている時間が、はたして無駄な時間ではなく、より偉大でより豊かなデザインの一部なのかどうか、それを知る資格は自分にもきっとあるはず。**語って！**　と彼女はポーランドの人にいいたい。**自分の芸術の正当性を！**

24　もちろん男には彼女の心のなかで進行中のことなど想像もつかない。彼にしてみれば、彼女は演奏家としてのキャリアのために耐えねばならない負荷のようなもの、つまり、肉片を無理やり手に入れるまで放っておいてくれない、しつこい金持ち女の一人なのだ。いまこうしている瞬間、男は正確だが朴訥とした英語で、彼女のような女が聞きたがっていると彼女が思う話をしている。最初のピアノの先生が、骨折に添えるようなへぎ板《フェルラ》を握って彼の隣に座り、間違えると決まってそれで手首をぴしりと叩いたことを。

25　「さあ、それではわたしたちに明かしていただかなければ、ヴィトルト」とエステルがいう。「これまでに訪ねた世界の都市で、どこがいちばんお気に召したかしら？　もちろんバルセロナをのぞいてですが、いちばん歓待されたのはどこ？」

ポーランドの人がそれに答えて、世界のどの都市がいちばん気に入ったかを明かす前に、彼女が、ベアトリスが割って入る。「それを語ってくださる前に、ショパンにいましばらく話を戻すのはどうかしら？　なぜショパン人気は衰えないのか、どう思われますか？　なぜショパンはこんなに重要なのでしょうね？」

ポーランドの人が冷ややかに、探るように彼女を見る。「なぜショパンが重要か？　それはわれわれ自身について教えてくれるからです。われわれの欲望について。それが明確ではないことがありますから。それがわたしの意見です。ときにそれが自分のもっていないものへの欲望であったり。われわれを超越しているものへの欲望であったり」

「わかりません」

「あなたがわからないのは、わたしが英語で上手く説明できないからですが、どの言語でも、ポーランド語でさえそれは不可能です。理解するには黙って耳を澄ますことです。音楽に語らせましょう、そうすればわかります」

彼女は納得できない。じつのところ、彼女はその夜、耳を澄まして一心に聴いていたものの、聞こえてきたものが好きではなかったのだ。もしもレシンスキ夫妻がそこにいなければ、彼女がその男とふたりだけだったら、もっと突っこんで話をしていたかもしれない。わたしに語りそこねたのはショパンではなくて。ヴィトルト、あなたのショパンなんです。媒介としてあなたを利用したショパン――そう彼女はいっていただろう。クラウディオ・アラウ、ご存知ですよね？――と彼女は続けるだろう――アラウはいまもわたしにとって、より良き演奏者であり、より良き媒介なんです。アラウが弾くショパンはわたしの心に語りかけてきます。でも、もちろんアラウはポーランドの生まれではない。だから、ひょっとしたら彼の耳には聴き取れなかったものが、外国人には決して理解できない、ショパンの謎めいた特徴があったのかもしれません。

26 その夜は滞りなく進む。レシンスキ夫妻はボフィニの店から出たところで挨拶をして帰る（「とても光栄でした、マエストロ！」）。彼女にはポーランドの人をホテルまで送りとどける仕事が残っている。

タクシーのなかでならんで座り、話も尽きて、彼らは黙って座っている。さんざんな一日！　と彼女は思う。早く自分のベッドに潜りこみたい。

彼女は彼の臭いが気になって仕方がない。雄の汗とオーデコロンの臭いだ。照明を浴びたステージはもちろんいつだって暑い。それにあの奮闘努力、あれだけのキーを正しい順序で次々と叩きつづける身体的努力をしたのだから！　臭いのことはまあいいとして。だが、それにしても……

ホテルに着く。「おやすみなさい、優雅なるレディ《グレイシャス》」とポーランドの人はいって、彼女の手を取り、握りしめる。「ありがとう。深淵な質問も、ありがとう。忘れません」そして彼は去る。

彼女は自分の手を調べる。短いながらあの巨大な手に包まれたあと、いつもよりそれが小さく見える。でも無傷だ。

27　彼が発ってから一週間後、コンサートホールに小包がとどく。彼女宛だ。ドイツの郵便スタンプが捺されている。中身は一枚のCD——ショパンの夜想曲を録音したもの——で、英語のメモが入っている。「バルセロナでわたしを見守ってくれた天使へ。音楽が彼女に語りかけることを祈っています。ヴィトルト」

28 彼女はこの男、ヴィトルトが好きか？ ひょっとしたらそうかも、とどのつまりは。彼女は残念に思う、もう会えないと思うと、ちょっと残念なのだ。彼がまっすぐ立つところ、まっすぐ立ちあがるところが好き。彼の気遣いが、彼女が話をするとき真剣に耳を傾けるところが好き。**深淵な質問をする女性**。彼がそれを認めてくれたことは嬉しい。それにあの英語にはクスッとなる。文法は正確だが、ぎこちない言い回し。嫌いなところはどこだろう？ 数えあげたらキリがない。とりわけあの義歯、きらきらしすぎて、白すぎて、まがいものすぎる。

第二章

1 その夜はぐっすり眠る。朝になるとあたふたと、いつもの日課に戻る。ポーランドの人のCDはそのうち時間を見つけて聴こうと思いながら、やがて忘れる。

数カ月後、彼女のもとへ一通のメールが飛びこむ。どうやってメールアドレスを嗅ぎつけたんだろう。「やんごとなきレディへ、わたしはジローナのファリプ・パドレイ音楽院でマスター・クラスを教えています。貴女のご親切は忘れません。そのお礼をさせていただけますか？　もしもあなたがジローナに来るなら喜んでお迎えします。どんな時刻の列車でも都合をつけます」。末尾の署名には**貴女の友、難しい名前のヴィトルト**、とある。

彼女は返事を書く。「親愛なるヴィトルト、あなたの訪問はここバルセロナの仲間にとって楽しい思い出になりました。ご親切なお招き、ありがとうございます。残念ですがいまとても忙しく、ジローナに行く時間がありません。マスター・クラスのお仕事がどれも上手く行きますように。ベアトリス」

彼女は調べてみる。難しい名前の男のいうことは本当なのか——彼がジローナでピアノのクラスを教えているのは事実だ。よりによって、なぜジローナで？　お金に困ってるわけではないはずだ。

カタルーニャに彼は戻ってきた、考えれば考えるほど謎だ。

彼女は二通目のメールを書く。「どうしてここにいるのですか、ヴィトルト？　どうか率直に話してください。小洒落た嘘につきあっている暇はありませんから。ベアトリス」

彼女は「小洒落た嘘につきあっている暇はありませんから」を削除してメッセージを送る。つきあう暇がないのは、嘘だけではない、遠まわしな言い方、ことば遊び、裏の意味にもだ。

たちどころに返事が来る。「ここにいるのは貴女のためです。貴女が忘れられません」

2

彼女はまる一日かけて「貴女のため」について思いをめぐらす。その語が英語でどんな意味になるにしろ、英語の背後にあるはずのポーランド語でどんな意味になるにしろ、具体的にどういう意味なのか？　彼が彼女のためにここにいるのは、パンを買うためにパン屋にいるようなもの？　とにかくここ
とはどんな意味？　彼のここがジローナで、ベアトリスのここがバルセロナなら、それが彼にどんな効能をもたらすというの？　それとも彼が彼女のためにここにいるのは、人が神のために教会にいるようなもの？

3　若いころの彼女なら、なぜとは考えず衝動のままに行動した。自分の心を信じていた。「イエス」と心はいった。あるいは「ノー」と。でも（ありがたいことに！）彼女はもう若くはない。あのころより賢く、ずっと慎重だ。物事をありのままに見ている。

あのポーランド人の場合をどんなふうに見ているか。そこに見えるのは、みずからのキャリアの終わりを迎えて、なんらかの切迫した事情で、かつてなら自分の地位にとても見合わないはずの仕事（ファリプ・パドレイ音楽院はそれほど評価の高い音楽院ではない）を引き受けている男、異国の街で自分は独りで孤独だと感じて、たまたま出会った女を口説き落とそうとする男だ。かりに彼女が応じるとしたら、それは彼女のなにを物語ることになる？端的にいって、きっと彼女は応じると男が思っているのは、彼女のなにを物語っている？

4　夫をのぞいて、彼女は男の経験は深くない。でも長い歳月にわたり、女友達から数えきれないほど告白や打ち明け話を聞かされてきた。自分の属する階級の男たちがどんな行動をとるかも冷静な目で観察してきた。探索の旅から抜けでてみると、男たちとその嗜好にはあまり敬意を抱けなくなっていたので、いまさら雄の欲情がかき立てる波の飛沫を浴びたいとは思わない。

旅行好きだったことは一度もない。夫は、彼女は好奇心が旺盛ではないと思っている。夫は間違っている。好奇心はあるし、とても旺盛だ。でもその好奇心の対象は広い世界ではなく、セックスでもない。ではなんに対する好奇心か？　自分自身だ。なぜ、その日ジローナまで車を走らせると思うだけでぞくぞくするのか、思わずニヤリとなるのか。

5　音楽院への道は難なく見つかる。旧市街にあるこれといった特徴のない建物だ。廊下は無人（午後も早い時刻だから）。聴き馴染んだメロディーに誘われて、「Sala 1」と書かれたドアを開けると小さな音楽ホールの後部に出る。ステージでピアノに向かっているのはあのポーランド人と若い男だ。音を立てずに席に滑りこむ。聴衆は学生たちで三十人ほどいるだろうか、彼女には注意を払わない。

演奏しているのはラフマニノフのピアノ協奏曲第二番、スローテンポの楽章だ。若者が、長い、哀調を帯びた、出だしのメロディーを弾きはじめる。あのポーランド人が若者の腕に手を置いて中断させる。彼が「ラーラーラーラーラーラーラアア」と最後の「ラア」を引き伸ばして歌う。「レガートしすぎないで《ノ・デマシアード・レガート》」とスペイン語でいう。

若者がもう一度そのメロディーを弾く、レガートしすぎずに。

ズボンにオープンネックのシャツを着たポーランドの人は、見たところ彼女が覚えているよりはるかにリラックスしている。**いいじゃない！**と彼女は思う。**スペイン語も少し使ってるし！**まあ音楽を教えるのにことばはそれほど必要じゃないけど。シ（イエス）、ノ（ノー）で十分。

彼が歌うのを聞くのは初めてだ。予想外に低い声。暗い流れのように、淀みない。

6 その場面で彼女が興味をもったのは音楽ではなくドラマだ。なぜなら彼らはステージの上にいて聴衆がいるのだから、教師と生徒は必然的に演技者になる。若者は教えられたことにどう応答するか、たぶんそれに納得していないときに（たぶんもっとレガートで弾くのが自分の心にしっくりきていたのに）？　おとなしく従うか、反発するか？　それとも内心反発しながら従うふりをして、あのポーランド人がいなくなればすぐにいつもの弾き方に戻ってやると思っているかな？　それでポーランドの人のほうは？　彼が演じる役は独裁者か、それとも父親のように優しい指導教官か？

7　ポーランドの人が前屈みになって、楽章の出だしにあたる分散和音を弾く。クラリネットの代わりに「ラーラーラーラーラーラーラーラアア」と歌い、それに右手が加わると、すぐに彼女にもそのちがいがわかる。レガート、い、い、しすぎずに、感情過多にならずに、もっと緊張感と高揚感を高める。

次に若い男が弾くと、今度はうまくいく。彼は優秀だ。飲みこみが早い。ポーランドの人がうなずく。「**続けて**」

8　レッスンが終わり、学生たちはいつのまにか姿を消す。彼女は残る。ポーランドの人が近づいてくる。なんていうかな？

彼が彼女の手を取る。英語で、ありがとう、来てくれて、という。また会えてとても嬉しいと述べる。彼女が着ているドレスを褒める。彼女は嬉しくない。褒めことばがわざとらしい、前もって練習した感じだ。でもたぶん、英語でどんなふうにいえば自然な感じになるか知らないだけなんだろう。たぶんポーランドでは完璧に魅力的な紳士なんだろう。

彼女は着る物を今回のために慎重に選んだ。要するに地味な服を選んだのだ。

「おしゃべりしませんか？」と彼女。

9　樹木がならぶ川沿いの小道を散策する。気持ちのいい秋の一日だ。木の葉が色づいて、あれやこれや。

「もう一度聞きますが」と彼女。「なぜここに、ジローナに来たんですか？　ジローナにいる理由などないのに」

「だれもがどこかにいなければなりません。どこにもいないということはできない。それが人間の条件です。いや、ちがう。わたしはあなたのためにここにいます」

「それはまた、どういう意味ですか？　わたしになにを望んでいるのかしら？　招待したのはあなたのピアノのレッスンを聞かせるためではありませんよね。わたしと寝ることが目的？　もしそうなら即答させていただきますが、それはありえない」

「怒らないで、お願いだから」

「怒ってませんよ。じれったいだけで。ゲームをしている時間はないんです。あなたはわたしをここに招待した。なぜ？」

なぜ彼女はそんなに怒っているのか？　彼になにを望んでいるのか？　彼が出し惜しみしているものとは？

「親愛なるレディ」とポーランドの人がいう。「ダンテ・アリギエリという詩人をご存知ですよね？　彼のベアトリーチェはダンテにことばをかけることはなかったが、詩人は生涯ベアトリーチェを愛しつづけた」

親愛なるレディ！　ときたか。

「それが、わたしがここにいる理由ですか？　生涯愛しつづけるつもりだとあなたから聞かされることが？」

「わたしは老い先そんなに長くないんです」とポーランドの人。

哀れなおバカさん！　と彼女はいいたい。**遅すぎたのよ、祝宴はとっくにお開きなんだから。**

彼女は首を横に振る。「わたしたち相手を知らないじゃないですか、あなたとわたしは」と彼女。「ちがう世界に、ちがう領分に属している。あなたはあなたのダンテとベアトリーチェの世界に、わたしはまた別の世界に属していて、それをわたしは現実世界と呼ぶのに馴染んでいますが」

「あなたは安らぎ《ピース》をあたえてくれる」とポーランドの人がいう。「わたしの安らぎのシンボルなんだ」

彼女が、ベアトリスが、安らぎのシンボルとは！　こんなばかげたことは聞いたことがない。

ふたりは歩きつづける。川は静かに流れて、風はそよそよと吹いて、小道はふたりの前にまだまだ続く。細部は、偶発的ながら取るに足らないものではない。歩いているうちに彼女の気分が明るくなる。

「学生を教えていたとき歌ってましたね」と彼女。「歌手だとは思いませんでした。すばらしい声です」

「母に似て、わたしは歌手です。母に似て、わたしは音楽家です」

母の息子か。マザリング？　それが彼の求めるものか？　母のようにケアしてもらうことが？

残り時間は短い。彼は自分の動機について嘆願を開始しなければ、さもなければ彼女が車に乗りこみ家路に着いて一巻の終わり。さあ彼の出番だ、ハイライトとなる独唱、グランド・アリアのときだ。歌って、と彼女は念じる。イタリア語でも、スペイン語でも、英語でも、どれでもいいから。ポーランド語でも構わない。

「親愛なるレディ」とポーランドの人はいう。「わたしは詩人ではありません。いえるのは、あなたに会ってから、わたしの記憶はあなたでいっぱい、あなたのイメージでいっぱい、ということだけです。街から街へ、そしてまた別の街へ旅してまわる、それがわたしの仕事ですが、いつもあなたがいっしょです。あなたがわたしを守ってくれる。わたしの心は安らぎます。わたしは自分に言い聞かせます、彼女を見つけなければ、彼女はわたしの運命の人だと。というわけで、わたしはここにいます。あなたに会える大いなる喜びとともに！」

彼女が彼に安らぎをあたえる。喜びをあたえる。アリアにしては大したことないわね。それに、彼の運命の人があらわれて、それが彼女だなんて。でもその彼女はどうなの？　自分にも運命の人っていないのかな？　いるとしたらその運命の人ってどんな人？　いつ姿をあらわすの？

11　彼女のせいだと彼がいうのを信じないわけではない、彼をバルセロナへ偶然にも連れてきた招待のせいで、それでしばし安らぎと喜びのときにあるというのを信じないわけではない。むかし恋人が愛しい人の肖像をロケットペンダントに入れて首からかけていたように、この人は彼女のイメージを心に抱いているんだ。なんと麗しいこと。もしも自分が若かったら、そして彼が若かったら、自尊心をくすぐられたかもしれない。でも一九四三年生まれの、自分の父親といってもいい年齢の男から口説かれるなんて、面白くもないし、自尊心をくすぐられたりもしない。感じるのはむしろ、苦々しさだ。

「ねえ聞いて、ヴィトルト」と彼女はいう。「あなたはわたしのことをほとんど知らないでしょ、だからわたしがどういう人間かいわせて。まず全身既婚女性です。自由奔放に生きてる人間じゃないんです、夫と子供のいる女で、家があって友達がいて、いろんなことにコミットしている。感情的なこと、社会的なこと、具体的な活動にも。だから――なんていうか――情事のための余裕はないの。あなたはわたしのイメージを抱いて暮らしているという。いいでしょう。でもわたしがあなたのイメージを抱いて、とか、だれかのイメージを抱いてなんてことはない。そういうタイプじゃないんです。あなたはバルセロナへやってきて、ピアノのリサイタルをして、それをみんなが楽しんで、晩餐をともにして、それだけのことですよ。あなたはわたしの人生に不意にやってきて通りすぎていった。それで終わり《テルミナド》。共有できる将来はありません、あなたとわたしには。そういってしまうのは残念だけれど、でもそれが真実。さあ、そろそろ帰らなくちゃ。遅くなってしまう」

12

「提案があります」とポーランドの人がいう。

ふたりはカフェに腰を下ろしている。カフェが面した通りの真向かいに彼女の車が止めてある。

「来月、アメリカへツアーにいきます。アメリカのあとはブラジルです。そこでコンサートが三つある。ブラジル、知ってます？　知らない？　ひょっとしていっしょにブラジルに行きませんか」

「わたしにブラジルに来てくれと？」

「そう。ヴァケーション。海は好きですか？　海のすぐそばでヴァケーションができます」

彼女は海が好きだ、とても好きだ。泳ぎも上手い。水に入ると強くなる、アザラシみたいに。強く、敏捷《びんしょう》になる。でもそういう問題ではない。

「夫になんていうんですか?」と彼女。「ほとんど知らない男と駆け落ちしてブラジルへ行くって? それであなたは? お連れ合いになんていうつもり? まだ一度も聞いてませんが――結婚してるんですか?」

彼はカップを下に置く。手が震えているのが傍目にもわかる。緊張させたかな? 嘘をつきはじめるかな?

「いや、結婚はしていない。かつてはしていたが、いまはノー。夫には本当のことをいえばいい。本当のことをいうのがいつだっていいんです。彼は恋多き男。彼は自由で、あなたも自由です」

「すごいことというのね。わたしの夫のことなどまるで知らないのに。彼は『恋多き男』じゃありません。わたしだって恋多き女じゃない。いいですか。将来に役立つかもしれないのでいっておきますが、そんな言い方で、いっしょにブラジルへ行こうと女を口説くなんて無茶すぎます。ポーランドじゃ上手くいくかもしれないけど、ここじゃアウトです。もう行かなければ。これからまだ長いドライブが待っているので」

彼女は立ちあがる。さあ、ポーランドの人のラストチャンスだ。彼も立ちあがり、低からぬ背の高みから彼女の両肩をガッシとつかむ。隣席の人たちがこっちをチラリと見る——あの人たち、夫婦喧嘩を目撃したと思うことになるのかな？ 彼女は彼の両手から身を振りほどく。「本当にもう行かなければ」

13 ハイウェイの、マルグラットへ向かう分岐点の近くで、交通事故の現場を通りすぎる。もつれた金属片、警察の車、救急車。ゾッとする。**あれがわたしだったら？ みんななんていうかしら？ 「ジローナでなにをしてたの、彼女？」**

本当に彼女はジローナでなにをしていたんだろう？ すでに常軌を逸してるようだ——彼女には名前のスペルさえちゃんと書けない男の求めに応じるなんて。彼の求めに応じながらも、それから体勢を立て直せたのは神に感謝！ いっしょに**ブラジルに行こう**——なんてバカバカしい！

14 彼女は夫に話しておく。「覚えてるかどうかわからないけど、数カ月前にコンサート・サークルでポーランドからピアニストを呼んだの。彼がいまジローナにいて、音楽院で教えてるとわかって。そこに招かれてね」

「そう？　それできみは行くの？」

「今日の午後行ってきたのよ。そうしたら、いっしょにブラジルへ行かないかだって。わたしに恋をしたそうよ。彼、そういってた」

「それで行くつもり？」

「まさか。あなたに話しおくだけ」

なぜ彼に話しているのか？　線引きをして物語に区切りをつけるためだ。良心が傷まないようにするためだ。

「妬ける？」と彼女。

「もちろん妬けるさ。きみと恋に落ちた男には、だれであろうとぼくは嫉妬するよ」

でも彼は嫉妬なんかしていない。それは彼女にもわかる。どちらかといえば、面白がっている。自分だけに属するものに、自分がこともなげに所有するものに、ほかの男が熱をあげるなんて、と面白がっている。

「彼にまた会うつもり？」と夫。

「いいえ」と彼女。それから「セックス絡みじゃないから」という。

「もちろんセックス絡みさ。でなければきみをブラジルへ招いたりしたかな？　彼の横に座ってピアノの楽譜でもめくる？」

15 ポーランドの人から長文の手紙がとどく。ざっと拾い読みする。安らぎ《ピース》がキーワードのようだ。彼女が彼に安らぎをもたらす。ピースの反意語ってなに？　戦争？　終日ピアノの前に座って雲居に紛う人に、戦争のなにがわかる？

その先に大文字のBで始まる語がチラリと見える。ブラジルだ。それ以上読まずに彼女は手紙を削除する。

16　夫の情事のことは詮索しない。意識的にそうしている。その見返りに彼は、夫婦がともに交際する範囲内の女性とは深い関係にならないよう気をつけている。それが彼らの到達した暫定協定であり生活法だ。ラテン語でいう「モドゥス・ウィウェンディ」、それでうまくやってきたのだ。

17　ポーランドの人からまたメールがくる。今日はジローナ滞在最後の日です。明日、ベルリン行きの便に乗るため空港へ向かう途中バルセロナを通ります。いっしょにランチはどうでしょう？　「残念ですが時間がありません」と彼女は返事をする。「安全な旅を、ベアトリス」

18　彼から送られてきたCDを再生する。コンサート・サークルのささやかなライブラリーからヴァルチキェーヴィチのCDを家に持ち帰り、ひとりで耳を傾ける。なぜか？　あの男が必要最小限に切り詰めた英語では表現できなくてもアートでなら表現できるかもしれない、と考えてみようと思ったからだ。

「夜想曲集」から始める。ショパンは「夜想曲集」を夢想したとき世界になにを語りかけていたのか？　さらに大切なのは、ポーランドの人はこれを録音した日に世界になにを語りかけていたのか？　そしてなにより大切なのは、これを録音した日に、ポーランドの人が、これが自分だと明かそうとしていたものはなんだったのか、ひとりの女に向かって、現実世界に生きる彼女の存在さえつゆ知らぬ日に？

前とおなじように、彼女はがっかりする。なんと呼んだらいいんだろう？——スタイル、アプローチ、演奏者のメンタリティ、それで気持ちが萎えてしまうのだ。ひどくドライで、ひどく即物的！　どの曲も調査のために組上《そじょう》にのせられ、精査され、やがて、最後の和音とともに折りたたまれて埋葬される。

ひょっとしたら真実は、そのレコーディングをしたときでさえ（CDの記録を見ると二〇〇九年とある）、ポーランドの人はこの種の音楽を弾くには精神的に歳を取りすぎていたということか、だってもっと熱烈な魂に属する音楽なんだから。

タッチにまつわるなにか。それで思いだすのは彼らが会った夜、タクシーのなかで触れた彼の手の感触《タッチ》、さらに思いだすのはジローナで彼が歓迎するとき彼女のほおに残した唇の感触。乾いた骨に触れられたようだった。生きた骸骨。彼女は身震いする。自分にだって骸骨はあるけれど、あれとはちがっておぼろげで、じかに触れることはできない。

ということは、それが彼に対する最終判断ということかな？　ドライすぎて、熱情がない？　それが、熱情が、自分が男に望んでいるものなのか？　もしも熱情が――本物の、激しい熱情が――明日いきなりやってきて名乗りをあげたら、彼女の人生にそれを受け入れる余地があるだろうか？　どうも怪しい。

19　彼が録音したCDのなかで、彼女がいちばん好きなのはマズルカだ。かの巨匠と肩をならべて民族舞踏を弾くときが、いちばん活き活きとしている。なんだか解せない。だって彼が、踊る人とは思えないのだ。

20　おそらく、なにもかもあのポーランド人のせいというわけではないのだ。ふたりのポーランド人――とうに死んでしまった若者と、まだ現役の老人。おそらく、責任の一端は彼女にもあるかもしれない。音楽で彼女が好きになれそうなのはいまや歌と踊りだけで、アップダウンの激しいドラマではなくて（フォルテ！　ピアノ！　フォルテ！　ピアノ！）、それにもちろん哲学するなんてのもお断り。時間を費やして、失われたオブジェをひたすら追い求める音楽（マーラー）にはあくびが出る。あのポーランドの人に興味が湧かない理由は、結局のところそれなんだ。自分の失われたオブジェを求めて世界を彷徨しながら、たまたま彼女に、ベアトリスに出くわして、彼女を崇拝物《フェティッシュ》にしてしまった。あなたはわたしに安らぎをもたらすだなんて、なんというナンセンス！　わたしはあなたの人生の謎に対する答えなんかじゃないの、**セニョール・ヴィトルト——あなたの謎だろうと、だれの謎だろうと！　面と向かって彼にそういえばよかった。わたしはわたしはわたしなんです！**

21　もう何年も彼女は夫とおなじ寝室で寝ていない。そのほうが両者にとって好都合なのだ。彼女は熱いお風呂に入ったらすぐに寝るのが好きだが、彼のほうは宵っ張り。彼女はひとりのほうが良く眠れるし、彼もたぶんそう。夜は八時間、ときには九時間たっぷり眠る。滋養をあたえてくれる深い眠りだ。

彼女と夫はもう体を求め合う親密さはない。セックスをしないことに彼女は慣れてきた。その必要を感じていないみたいだ。更年期はまだだけど、いずれやってくる。そのときになれば、実を結ぶことは終焉を迎えて、結合を求める体の微かな叫びも消えるだろう。

22　友人たちは浮気をしているが彼女はしない。友達のマルガリータのもっかの浮気相手は、著名な文化人類学教授でありメディアの有名人で、既婚者だ。彼らはホテルや、世話好きな同僚が所有するアパートで逢瀬を重ねている。

23 彼女はアルゼンチンには行ったことがあるけれどブラジルにはない。ブラジル観光ならしてもいい。面白そうな国だし。ひょっとすると上の息子はアグロノミクスの会社で化学者として働いているので、彼女に付き添ってそこへ行くのは有益と思うかもしれない。ブラジルの農業を調査できそうだから。

24 彼女には、ポーランド人ピアニストといっしょにブラジルに行く気はない。いずれにしても、かりに行くとしたら彼はブラジル側のホストに彼女のことをどう説明するのか？　コンサート・サークルのような受け入れ側の人たちに？「こちらはベアトリス、バルセロナの街に住む親しい友人で、わたしのツアーについてきてくれました。ベアトリスはすばらしく多様なこの国を以前から見たいと思っていたんです」とか、「こちらはベアトリス、緊張をほぐし安らぎをあたえてくれるので、いっしょに連れてきました」とか。あるいは「こちらはベアトリス、どんな人かほとんど知りませんが、なぜわたしが存在するかという謎に答えてくれそうな女性です」とか。

25 恋する老人か。愚かしい。彼自身にとっても危険。

26 彼にとってチャンスだったのは、ジローナのカフェで彼女の肩をつかんで、あの顔を、冷たく青い目を、彼女にぐんと近づけたときだ。あれが、彼女の抵抗を押し切って彼女をものにできる瞬間だったのに。ところが彼はひるみ、そして彼女を失った。

27 彼女はポルトガル語が好きではない。ぎゅっと息の詰まりそうな音があるから。でもたぶん、ブラジルで使われるポルトガル語はちがうかもしれない。

28 あの骨張った巨体とひとつベッドに寝るのはどんな感じか考えて、不快感で身震いする。あの冷たい手が彼女の体に触れて。

29 なぜ彼女なの？ ボフィニの店で晩餐をともにした夜、なにが起きたの？ **これこそわたしの運命の人だ！ 最後の愛を捧げるべき女性**だと彼に思わせたのはなんだったの？ もしもあの日、マルガリータが病気にならずにみんなといっしょにいたら、彼はマルガリータに惚れこんで、いまごろブラジルに招待されていたのはマルガリータだったのかな？ 彼の緊張をほぐすために、彼とベッドをともにするために？

安らぎ、それが自分の求めるものだと彼はいう。大嵐に翻弄される航海者が岸が近づくことを祈願するように、彼は安らぎを乞い願う。いやいや、マルガリータは安らぎの天使なんかじゃない。それは彼にもすぐにわかるだろう。マルガリータは彼に、最新の、もっと流行りの服を着せて、自分のエステティシスタ*のところへ連れていき、眉毛を整え、マスコミのインタビューを受けさせるだろう。セックスとなると、彼はマルガリータの要求水準をこなすことができるだろうか、あの年齢で？

おそらく、じつのところ彼が彼女に、ベアトリスに目を止めた理由はそれかもしれない。彼は仕事柄、マルガリータのようなエネルギッシュで、聡明で、物欲の強い女性にはたくさん出会うので、あの夜ボフィニの店で彼女が、ベアトリスが、控えめで、慎ましく、もっぱら感じのいい女性の典型のように見えて、これなら厄介なこともあまりなくて自分のニーズにぴったり、と思ったのかもしれない。そうだとしたら、なんという侮辱！

30 彼に手紙を書く、英語で。「親愛なるヴィトルト、ベルリンでのコンサートは成功裡に終わったことと思います。先日の会話を幾度も思い返しながら、あなたがいったいどうして、わたしが安らぎを体現しているという結論に達したかを考えています。わたしは安らぎはもとより、いかなるものも体現していません。あなたはわたしがだれか、何者か、少しもご存知ない、それは紛れもない事実です。あなたの通る道がわたしのそれと交差したのはまったくの偶然。裏に隠された意図などなかったのです。わたしは、あなたが考えるように、あなたのために生まれてきたわけではありません。だれかの『ために』この世に生まれたわけではないんです。われわれは何人《なんぴと》も、どんな意味であれ、だれかの『ために』この世にあるわけではありませんから。それでは、ベアトリス」

31 ひとりの男とひとりの女のあいだに、ふたつの極《ポール》のあいだに、ピピッと電流が流れるか流れないか。それは世界が始まって以来ずっとそう。ひとりの男「と」ひとりの女であって、たんなる、ひとりの男、ひとりの女、ではない。「と」がなければ結合はない。彼女自身とあのポーランド人のあいだには「と」がないのだ。

来月コンサート・サークルに招聘されているのはカウンターテナーのトマス・カーチウェイで、ヘンデル、ペルゴレージ、フィリップ・グラス、さらに彼女が聞いたことのないマルティノフとかいう人の曲を演るという。ひょっとしたらトマス・カーチウェイが彼女の真の対極《ポール》だと判明して、偽物のポールは、偽装者のポーランド人は影が薄くなるかもしれない。

＊エステティシャン。

32　書いた手紙を再読して、ひどく怒った調子だと判断して、削除する。どうして怒った調子になるんだろう？　書いているとき怒っていたわけではないのに。

33　彼の崇拝するショパンは病弱な男だったから、世話してくれる女に頼りきっていた。おそらくあのポーランド人が本当に望んでいるのはそれなんだろう。翳《かげ》りゆく人生で、自分の世話をしてくれる看護人、介護人。

34　「あのピアニストね、きみが話していた、長い名前の」と夫がいう――「もう決心はついたの？」

「決心って、なんの？」

「ブラジルへ、いっしょに行くつもり？」

「行きませんよ、もちろん。いったいなんでそんなふうに思ったの？」

「彼は知ってる？ きみがいっしょに行かないって？」

「もちろん知ってますよ。はっきり伝えたから」

「彼が電話してくるの？ 手紙を書いてくる？ メールとかでやりとりしてるわけ？」

「やりとり？ まさか、そんな。これ以上、質問には答えませんから。これって変な会話だと思わない？ わたしたちふたりが、教養ある既婚のカップルがする会話？」

35 解かなければならない謎がふたつある。なぜ彼女の心がポーランドの人へ戻っていくのか？ そして、なぜ彼女の夫が刺々しくなったのか。

ふたつ目の謎の答えは簡単。夫がなにかを嗅ぎつけて、それに反応しているのだ。心理学上のこと、それ以上ではない。

ひとつ目の謎は心理学上のことではない。失われたもの、欠けているもの、恋しく思うものについてだから、そういうものを研究対象とする「なんとか学」というのはいまのところなさそうだ。あえて名づけるなら謎解き学《ミステロロジー》？　謎掘り学《ミステリックス》？

36　ブラジルのことを思うとふたつのイメージが心に浮かんでくる。ふたつのステレオタイプだ。キラキラした白いビーチでくつろぐ褐色の肌のいくつもの体、そして雨漏りのする小屋で泣きわめく赤ん坊を背に汗みずくでガスコンロに向かう女たち。もちろんそれがブラジルのすべてではない。第三のブラジル、第四のブラジル、百のブラジルが訪問者を待っているのだ。

37　ブラジルが彼女の結婚生活の危機を表しているわけではない。結婚生活に危機はない。夫と別れるつもりはさらさらない。夫にしても彼女と別れるほどバカではない。彼女はあのポーランド人に恋などしていない。大奮発して、お気の毒というところだ。気の毒なのは彼がひとりぼっちで、歳を取って、現実離れしていて、その現実の世界が彼の、距離をかもしだすショパン演奏をだんだん受け入れなくなっていくことだ。彼女に執着するのもお気の毒さま（それを彼は愛と呼ぶかもしれないが彼女は呼ばない）。

38　彼といっしょにブラジルへなんてありえない。彼がブラジルの上流階級の人たちにショパンを演奏して聞かせていないときに、いったいふたりはなにをするの？　長い、白い砂浜を、褐色のブラジル人の体のあいまを縫って散歩するとか？　ブラジル人のバンドに合わせて踊るとか？

彼女は馴染んできたものが好きだ。心地よいのが好きだ。斬新さのための斬新さは嫌いなのだ。好奇心が旺盛ではないと夫が思うのも無理はない。

たとえばマルティノフ、マルティノフなんて聞いたことがない、だから彼の音楽は嫌いになることにしている。その音楽が彼女を深く照らしだすことはない。

39　なぜ自分を酷評するのか？　なんで自分をバカで、独りよがりで、無教養にさえ見せてしまうのか？　なにが彼女の内部に入りこんだんだろう？

40　彼女は夢を見ない。一度も見たことがない。長時間、深く、夢も見ずに眠り、朝になって爽快な、新たな気分で目が覚める。休息に満ちた睡眠と健康な生活法によって、彼女はおそらく百歳まで生きるだろう。

夢を見ない代わりに空想にはとっぷりと浸る。ブラジルでポーランドの人といっしょに過ごす一週間がどんなものになるか、ありありと想像できる。とりわけ、もしもいっしょに寝るとどんなふうか想像できる。彼女はエクスタシーに達したふりをしなければならず、彼はその彼女を信じるふりをしなければならないだろう。

あなたの役割を免除します、ブラジルの土を踏む前に彼にいわなければならないのはそれか。すべての欲情にまつわる義務からあなたを免除します。あなたはあなたのベッドで、わたしはわたしのベッドで眠ること。

41　彼は日記をつけているかな、と彼女は考える。「**ある女たらしの日記**」。彼女のこともその日記につけるつもりかな？　バルセロナ出身の、とあるレディとブラジルで過ごした一週間。「その家族への配慮から名前は伏せておく」とか。

第三章

1　メールがとどく。オーディオファイルが添付されている。ショパンのロ短調ソナタだ。「あなただけのためにこれを録音します。英語ではこの心にあることを語れません、だから音楽でそれを語ります。どうか聞いてください、あなたへの祈るような願いです」

彼女はおとなしく従う。フレージング、音調の変化、ごく細かな加速や減速に注意しながら、獲物を狙う鷹のように聴く――プライベートなメッセージと解釈できるなにかがあるだろうか。聴き終えてもさっぱりわからない、困惑のきわみだ。コンサート・サークルのライブラリーにあるドイツ・グラモフォン版とおなじように聞こえる。彼が秘かにメッセージを潜りこませたとしても、それは彼女が解読できないコードによるものだ。

2　ときはすぎて。またメールがくる。「十月にショパン・フェスティバルのためマヨルカに行きます。マヨルカのあと、ひょっとしたらあなたのコンサート・サークルがまたわたしを招聘してくれるかもしれない、そんな希望を温めています」

彼女は返事を書く。「親愛なるヴィトルト、レコーディングしてくれてありがとう。あなたがショパン・フェスティバルで演奏するのはとてもすてきです。でも残念ながら、コンサート・サークルの年内のプログラムはすっかり埋まっています。それでは、ベアトリス」

翌日、彼女はもう一度メールを書く。「親愛なるヴィトルト、偶然ですが、夫の家族がソーイェルという町の近くに別荘をもっています。ショパン・フェスティバルが開催されるバルデモーサからそれほど遠くありません。夫とわたしは十月にしばらくその家に滞在します。お仕事が終わったら合流するのはいかがですか？　家は広いので、ご自分のスペースを確保できます。いかがでしょうか。それでは、ベアトリス」

返事がくる。「ありがとう、ありがとう、でもせっかくですがわたしはご家族の友達にはなれそうもありません。ヴィトルト」追伸に「『家族の友達』とはポーランドの有名な小説です。ポーランドの『若きヴェルターの悩み』とみんなが呼んでいます」とある。


『若きヴェルター』のことは彼女も知っているけど、『家族の友達』なんて聞いたことがない。ここにも別の暗号化されたメッセージが潜んでいるのかな？　『家族の友達』を探しだして読んで欲しいといってるのかな？　無茶苦茶な人だな！

3　夫に話を向ける。「十月はまだマヨルカに行くつもり？」

「ああ、きみがよければ、家が空いていればね」

「空いてますよ。トマースとエバと子供の都合を聞いてみようかと思って」

「そうだね、いいんじゃない！　予定はきみが調整してくれないかな？　でも長くて一週間だ」

「調整役はやってもいいけど、たぶんあなたが帰ったあともわたしは残るつもり。だって一週間じゃ短すぎるもの」

彼女が二枚舌を使うことはめったにない。率直さのほうが好きなのだ。テーブルに自分のカードをならべるのが好き。でもテーブルにカードをならべるのが得策じゃないときだってある。

4　息子のトマースに話してみる。「まず無理だな」と彼はいう。「仕事休めないしさ、どっちにしたって赤ん坊を連れて旅をしても楽しくないよ」

5　彼女はフライトを予約し、ソーイェルに住む家政婦に電話して家の準備をするよう伝える。

いそいそと計画を立てて、細部を詰めていく。コンサート・サークルが滞りなく運営されるのは、彼女のこの勤勉さと細部への気配りのおかげなのだ。

6　バルデモーサへ出かけていって、あのポーランド人が演奏するのを聞くつもりはない。彼が彼女のところへ来るようにしよう。

入念に、策を練る。

7　ソーイェル郊外の家は一九四〇年代に夫の祖父が購入したものだ。その祖父は海運業で財をなした人で、家を買ったときはまだれっきとした農場の中核として機能していた。だが年を経るうちに、農地が少しずつ切り売りされていって、大きな屋敷とそれに付随するいくつかの別棟だけが残った。

夫は子供時代に休暇をすごしたその土地に、いまも深い愛着を抱いている。深い愛着を抱いてはいても、訪ねる頻度は減って間遠になっている。その理由が彼女にはわからない。ベアトリス自身はその古い屋敷がとても気に入っている。簡素な石造り、高い天井、仄暗い廊下、涼しい中庭にはルリマツリとブーゲンビリアが猛り狂うように茂り、まんなかに無花果《いちじく》の古い巨木がそびえている。

8 良心の呵責、それが問題。ポーランドの人を招待することで、彼女は良心の呵責に苛まれないか？ 去年ジムで若い男に口説かれて、強く迫られキスされるところまで行ったときは、良心の呵責に苛まれたりしなかった（あのときは首筋と喉元にキスさせたけれど唇は許さなかった）。テリトリーの問題かな？ ジムはニュートラルな場所だけれど、ソーイェルの家は夫のテリトリーで、彼の家族が二世代も前からテリトリーとしてきたところだから？

ポーランドの人は七十代で、人生の暮れ方にいる。ジムの男はまだ二十代だったから、精気に満ちた雄の生活はまだまだこれからだ。そもそも両者を比較するのは筋ちがい。夫がジムの男に嫉妬しても無理はないけれど、ポーランドの人に嫉妬なんてありえない。あの年齢の男が嫉妬をかき立てたりするだろうか、彼にそんなパワーはない。とにもかくにも、彼女には彼と寝るつもりはないのだから。彼がソーイェルにやってきたら、彼女のいつもの暮らしを共にすればいい。彼女がスーパーマーケットに買い物にいくのにつきあったり、グロサリーを運ぶのに手を貸したり。プールから落ち葉をさらったりすればいい。予備の部屋にはピアノもあるから、古いアップライトだけれど、それを修理して彼女に弾いて聞かせることもできる。週末までには彼のロマンチックなファンタジーは雲散霧消して、ありのままのベアトリスを見つめるようになっているはず。となれば、辛い経験から深く学んだ男になって、故国へ帰ることになるだろう。

9 「ねえ、ブラジルへいっしょに行こうっていってたポーランド人ピアニストのこと、覚えてる?」と夫にいってみる。「彼、マヨルカに行くそうなんだけど、わたしたちとおなじころに。ショパン・フェスティバルで演奏するんですって。ランチに招待しても構わないかしら?」

「もちろん構わないけど。でも一人で会うほうがいいんじゃないの?」

「いえいえ、会うなら家族いっしょ《アン・ファミーユ》がいいと思う。そうすればあの人を夢想から現実に引き戻せるはず。彼はわたしのことを理想化しすぎているから」

策を練る。

10 ポーランドの人への招待を、彼女は尋常ならざる具体的なことばで書く。当方にお会いになりたければ、到着はこれこれの日に、出発はこれこれの日にしていただきます。バルデモーサからは203番のバスに乗って、ソーイェルのバスターミナルまでいらしてください。到着の時刻を前もって電話でお知らせくだされば、お迎えにまいります。滞在は母家ではなく敷地内のコテージになります。コテージにはキッチンが完璧に装備されているので、ご希望なら自分で料理することができます。ご希望でなければ、接待役のベアトリスが喜んで食事をご一緒させていただきます。食事は家政婦が準備いたします。ご自分の時間は自由にお使いください。

文面はお金を払って泊まる宿泊客へ出す手紙みたいで、そう読めるように書かれている。

11　いよいよそのときになり、彼女と夫はソーイェルへの旅に出かけて、静かな一週間をすごす。天候はやや冷涼で、風もやや強いけれど、不満はない。道路はがらんとしている。観光客はほとんど帰ってしまった。彼らはバニャルブファルやパゲーラへ車を飛ばす。そこで彼女は長い、爽快な泳ぎを楽しむ。フルナルーチの、長年贔屓《ひいき》にしてきたレストランでしっかりした食事をする。

12　「ポーランド人の音楽家はどうなってるの？」と夫がたずねる。「ランチに来ると思ってたけど」

「日程が合わなかったの」と彼女は答える。「来週まで仕事が入っていて、そのころにはあなたは帰ってしまうわね」

「残念だな」と夫はいう。「会うのを楽しみにしてたのに」

彼がにっこり笑う。彼女がにっこり笑う。これまでにもトリックに満ちた道を切り抜けてきたのだ、これも切り抜けていくだろう。

13 夫が帰る。ポーランドの人が到着する。彼女はソーイェルで使っている小型のスズキを運転して、バスターミナルまで迎えにいく。ジローナからほぼ一年がすぎた。彼は目に見えて歳を取っている。紛れもない老人だ。

もちろん彼が歳を取るのは自然なことだ。時間の容赦ない破壊にびくともしないなんてありえないのだから。それでも彼女はがっかりする——がっかりを通り越して、狼狽《うろた》える。

バルデモーサの聴衆は彼のことをどう思ったのだろう。過去の、亡霊——とか思ったかな？でもある人たちにとっては、鍵盤の前に座れば、たぶん彼は、時間を超越した、凛としたオーラを帯びるのだ。

14 彼が彼女の両ほおにキスする。「とても元気そうで、とてもきれいだ」と彼はつぶやく。彼の唇は乾いていて、肌は柔らかく、赤ん坊のよう。歳を重ねた男の肌。

15 家へ向かう車中は無言だ。丘を登る道は穴だらけだが、彼女は運転が上手い。彼女の知るかぎり、自分より上手い男はいない。島にいるとき夫は彼女に運転をまかせっきりだ。「安心して乗っていられる」といって。

16　ポーランドの人をコテージに案内する。「お好きなように荷物を解いてくつろいで。ランチの準備ができたらロレートがベルを鳴らしますから」

「あなたは慈悲深い《グレイシャス》」とポーランドの人。

慈悲深い《グレイシャス》とはまた、いたく時代遅れの文語調だこと。それでいまだに意味が伝わると？

慈悲にあふるる聖マリア《アヴェ・マリア、グラティア・プレナ》、我ら罪人のために《オラ・プロ・ノビス》。

17　ランチを知らせるベルに彼は即座に応じる。服を着替えている。サンダル履きで、クリーム色のズボンに空色のシャツ。来るべき午後の予定に備えて、頭にはパナマ帽。

ロレートに彼を紹介する。**彼はスペイン語が話せないの《ノ・アブラ・エスパニョル》**、と伝える。ロレートは固い笑みを浮かべて、彼にうなずいて見せる。セニョール。

ロレートが世話しているのはこの家ともう一軒、谷間を下ったところにあるメキシコ人の家だ。１２５ccの原付自転車《モペッド》に乗って通ってくる。夫は庭師で便利屋だ。息子がひとり、娘がひとり、いずれも成人して、いずれも結婚して、本土に住んでいる。

ロレートについて驚くことはなにもない。要するにそれは、彼女が知るかぎりロレートのことでは驚かないという意味で、モペッドだってどうってことはない。でも、もちろんロレートにはロレートの人生があり、雇う者には見えないだけで、それはおそらく驚きに満ちたものだろう。たとえば、ロレートにとってのポーランド人みたいな男がいるかもしれないし、ロレートを気品《グレイス》に満ちているとして言い寄る男がいるかもしれない。物語がロレートとその男のことを語るのではなく、彼女ベアトリスとポーランド人崇拝者をめぐるものになるのは偶然にすぎない。もう一度賽《さい》を振れば、物語はロレートの見えざる人生をめぐるものになるのだろう。

18

「お腹が空いてらっしゃるといいけど。ロレートがむかしながらのトゥンベット*を作ってくれてるの。この料理、ご存知？　バルデモーサで出たかしら？　カタルーニャにもこれと似た料理があるけれど、それはサムファイナって呼ぶのね」

＊マヨルカ島の伝統的料理、夏野菜をオリーブ油で揚げトマトソースをかけてオーブンで焼く。

彼女はいつだって、やってきた客を歓迎し、緊張をほぐすのが上手かった。ポーランドの人の緊張をほぐして、くつろいだ気分にさせるのはとりわけ重要で、そうすれば彼は楽しい思い出をたずさえて帰ることになる。

「あなたの夫は来なかったのかな？」とポーランドの人がきく。

「来たんですが、電話で仕事場に呼び戻されたんです。残念がってました。夫が、お会いできなくて申し訳ないと伝えてくださいって」

「彼は善良な人ですか、あなたの夫は？」

なんて奇妙な質問。「ええ、彼は善良な人だと思いますよ、でもいまの時代に善良であるのは難しくないでしょ」

「そう？　そう思いますか？」

「思いますよ。わたしたちは幸運な時代に生きています。幸運な時代に善良であるのは難しくないわ。そうは思いませんか？」

「わたしは幸運な時代に生きていないけれど、でも、善良であろうと心がけています」

テーブルの片方に座る人間が幸運な時代に生きているのに、もう片方に座る人間がそうではないなんて理解しかねると思ったけれど、彼女は聞きながす。「歌手をしてる娘さんのことを話して。ドイツに住んでるんでしたね。元気でやってらっしゃるの？」

「お見せしますよ」彼は携帯を取りだして彼女に写真を見せる。背の高い、きまじめな表情の十代の少女、全身白ずくめだ。「むかし撮った写真、過ぎ去りし日々に、でもとってあるんです。いまはこんなふうじゃない。結婚して、ベルリンに住んで、夫とレストランを経営している。これが大成功、お金もたくさん入る。歌？　それは過去のことだと思いますね。つまり、成功はした、そう、でもハッピーじゃない。恵まれていない」

恵まれていない。ときどきこの人がどういう意味でいっているのか、彼の不完全な英語では理解できないことがある。なにか深い意味があるのか、それともタイプライターの前に座った猿みたいに、適切な語が浮かばなかっただけなのか？　たくさんお金のある人たちって本当はハッピーじゃないってこと？　彼女にはたっぷりお金があるし、まあまあハッピーだ。ポーランドの人だってお金は潤沢なはず、あんなにコンサートをこなしているんだし、それに不幸せには見えない。陰気かもしれないけれど、惨めには見えない。たぶんベルリンにいる娘は不満を抱いているといいたいのだろう。不満を抱くのは珍しいことではない。不満というのは、自分の欲しいものがわかっていないことだから。

「よく会うんですか、娘さんと？　あなたと娘さん、仲がいいのかしら？」

ポーランドの人は手のひらを上にして両手を持ちあげるが、彼女には解明できないジェスチャーだ。彼女の育った社会では「元気を出して、がんばれ！」という意味だけれど、彼の育った社会ではまったくちがうかもしれない——たとえば、打つ手がないんだ、という意味とか。

「われわれは文明人です」とポーランドの人。「ところが彼女にはわたしのソウルが伝わらなかった。娘には母親のソウルが伝わった」

文明人。どんな意味に取ればいいのか？　カッとなって人を攻撃しない？　面前であくびをしない？　挨拶するとき相手のほおにキスする？　いずれにしても、いっしょにいて文明人であることは、父と娘にとって大いなる達成ではなさそうだ。

「運が良かったのか、わたしと子供たちはおなじソウルをもっています。おなじ気質で、おなじ血が流れています」と彼女。

「それはいい」とポーランドの人。

「ええ、そう。上の息子をここへ、ソーイェルへ来ないかって誘ったんですよ。真面目人間だから。あなたの気に入ると思って。でも残念ながら無理だった。生まれたばかりの赤ちゃんがいて、旅行が妻の負担になるって。それはそうよね」

「そうか、お孫さんがいるんだ」

「ええ。次の誕生日で五十歳ですよ。気づいてた？」

「紳士たるもの、レディの年齢はきかないものです」

そう言い放つ彼の顔は真顔だ。この人は絶対に笑わないのかな？　ばかばかしいと感じることはないのかな？

「紳士がレディにきかないことというのは」と彼女。「往々にして、くだんの紳士がそのレディについて知らなければ良かったと思うことだからですよ。知って嬉しいことじゃなさそうだから。だってそれを知れば、紳士がそのレディについて温めている幻想がいくぶん崩れてしまうから。彼の思いこみが、いくぶんね」

ポーランドの人はパンを一切れちぎってソースに浸し、答えを返さない。ロレートは遠くのキッチンにいて、鍋を洗うふりをしているけれど、聞き耳を立てているのが洗い方で伝わってくる。そぶりには見せないだけで、英語がもっと理解できるのかもしれない。

「お食事はもう終わりかしら？」と彼女。「たっぷり召しあがった？　コーヒーにしましょうか？」

　ロレートが居間でコーヒーを淹れてくれる。居間には大窓があって（夫の発案だ）、谷間とアーモンドの木立が一望できる。

「さあ、ヴィトルト、ついにいらっしゃいましたね。よく晴れたマヨルカ島で、あなたのとらえどころのないレディの友達といっしょです。ハッピーかしら?」

「もっとも親愛なるレディ、わたしにはことばがありません。英語のことばも、どんな言語のことばも。でも感謝、そう、感謝の気持ちが湧いてきます、心からの。お見せできますよ」彼は両手で、見たことのない奇妙なジェスチャーをする。まるで肋骨を内側から開いて、その中身を取りだそうとするような仕草だ。

「わかります、信じます。でもあなたの意図全体がまだつかめない——あなたの意図というか、プランというか。なぜここに来たのか、なぜいまここにいるのか? あなたの友達からなにをお望み?」

「親愛なるレディ、おそらくわたしたちは普通《ノーマル》の人のようになって普通のことができますよ——ね? プランなんかなしで。普通の男と普通の女はプランなんかもたない」

「本当？　そう思う？　それはないわね。わたしの経験からいうと、普通の男たちと普通の女たちはどちらも等しくプランをもっている、そういうことがとても多い。意図というか。でもわたしたちはプランなどないふりをしましょう。ということで、ひとつ質問。ポーランドへ帰ったとき、お友達に「マヨルカ島で一週間、レディのお友達とすごしたんだって！それってどんな感じだった？」ときかれたらなんて答えるの？　ＯＫだったよ、普通《ノーマル》のことから逸脱することはなにもなかったって？　ポーランドにいるのとおなじだった、ちがうのは太陽が照りつけてたことだけかなって？」

ポーランドの人が笑う。声にして、短く、息を吐きだす笑いだ。笑い声を聞いたのは初めてだ。「あなたはいつもわたしを追い詰める」と彼がいう。「英語だとわたしがあなたのように機転を効かせられないのはご存じでしょう。英語には、もっとぴったりのことばがあるのかな、普通《ノーマル》のじゃなくて？」

「普通《ノーマル》のでいいんですよ。ぜんぜん間違っていません」

「平凡《オーディナリ》なかも」と彼がいう。「たぶん平凡《オーディナリ》なのほうがいいかもしれない。わたしはあなたと暮らしたい。それが心からの願いです。死ぬまであなたと暮らしたい。平凡に。いっしょに。

〜〜

そう」といって両手をしっかり握りしめる。「いっしょに、平凡に暮らす――それがわたしの望みです。永遠《とこしえ》に。来世もまた、もしも来世があれば。でも、ダメでもＯＫ、それでいい。あなたがノーといっても、残りの人生は無理だとしても、今週だけでも――ＯＫ、それでもいい。たった一日だけでも。たった一分だけでも。一分で充分だ。時間がなんだ？　時間など無に等しい。われわれには記憶がある。記憶に時間はない。わたしはあなたを記憶のなかで抱きつづけます。そしてあなたは、あなたもまたたぶん、わたしのことを覚えていてくれるでしょう」

「もちろん覚えていますよ、あなたという風変わりな男の人を」

先のことを考えずにそう口にすると、それが彼女の心の耳に驚くほど響きわたる。自分はなにをいっているのか？　彼を覚えているなんてどうして約束できる？　ソーイェルへ彼女を訪ねてきたポーランド人音楽家のエピソードなど、どう考えたって、どんどん色褪せて、自分が死の床につくころには一片の埃より小さくなってると思っているくせに。

この人は記憶の力を信じているらしい。彼女は忘却の力について教えてあげたくなる。忘れてしまったものがどれほどあるか！　彼女は普通の人間で、平凡な人間で、例外では決してない。

なにを忘れたか？　ぜんぜんわからない。さっぱりと消えて、あたかも存在しなかったかのように地表から消え失せている。

20 彼女は気分を奮い立たせる。「散歩に行きませんか？」という。「ウォーキング・シューズはもってきました？　午後遅くなると風が強くなるので、散歩に行くならいまがベストです」

ポーランドの人が靴を履き替えてきて、彼らは散歩に出かける。丘の頂上に続く道をたどっていく、そこから町が見わたせるのだ。彼の歩調は遅いけれど、心配したほど遅くはない。

「ポーランドってどんな感じかしら？」と彼女がきく。「わたしは行ったことがないので、ご存じのように」

「ポーランドはこんなに美しくはない。ポーランドはガラクタでいっぱい。何世紀ものガラクタで。それを埋めたりしない。隠したりしない。ポーランドを愛するためには、そこで生まれなければ。わたしの国へあなたが来たとしても、あの国を愛することはないでしょうね」

「でもあなたはポーランドを愛している」

「わたしはポーランドを愛している、憎んでもいる。これは特別なことではないです。多くのポーランド人にとってそれは真実ですから」

「あなたの巨匠、フレデリック・ショパンはポーランドを出て、二度と帰らなかった。あなたはそうすることもできた」

「ええ、ポーランドに別れを告げて、バルデモーサにアパルトマンを買って、どこぞのフランス人レディが、ジョルジュ・サンドもどきが、粗野な性癖のフランス男たちに飽き飽きしてやってきて、彼女への愛をジェントルなポーランド人に求めるのを待つこともできた。バルセロナにアパルトマンを見つけることも、あるいは。でもそれはあなたにとって好都合とはいえないでしょうから、それはなし。それが真実――でしょ?」

そうそう、その通り！　その通り、まさに真実！　この男に自宅のそばをうろつかれるなんてもってのほか、男の影に悩まされるなんて。「同感です。バルセロナに住んでみようなんてとても悪い考えです。わたしにとって悪いし、たぶんあなたにとってはもっと悪い」

でもなんでジョルジュ・サンドなんかもちだすのかな？　彼の心中などわからないけれど、その考えはとても不愉快。彼女が異国の情人だなんて、それもパートタイムの世話係だなんて。

丘の頂上に到着。そこで彼らは立ち止まり、海岸線を俯瞰する。恋人どうしなら、たがいに腕を組みあうところ。恋人どうしならキスだってするかもしれない。でも、彼らはしない。

「今夜のことですが」と彼女。「外に食事に出かけるのがいいかしら、それともわたしが作りましょうか？　ソーイェルにはいいレストランが一、二軒あるんですよ。なんなら車でもっと遠出することもできますが」

「あのレディ、ロレータでしたか？　彼女は料理をしない？」

「ロレートは毎日くるわけじゃないの。それに彼女の仕事は三時まで。もしも夕食のために戻ってきて欲しいなら、前もってそう話しておかなければ」

「今夜は家にいるほうがいいな。明日はあなたをレストランに連れていきます。でも今夜は家にいて、あなたが料理するのを手伝います」

「いいわ、家にいましょう。料理はわたしがするけれど、お手伝いは結構」彼女はキッチンにいるポーランドの人を想像する、うろうろして、物をひっくり返し、行手を塞いで邪魔ばかり。「わたしが料理しますから、あなたは休んでいてね」まるで子供を諭すような口調になる。

21 夕食に、彼女は庭で採れたハーブ入りの大きなオムレツを作り、サラダも添える。すべてシンプルに、そう決めている。それでもまだ足りないようだったら、常備のパンを出そう。

ここソーイェルに彼らは上質のワインセラーを備えている。セラーの備蓄は夫の領分だ。彼女はあまり飲まない。ポーランドの人はかなり飲む。

「贈り物があるんです」とポーランドの人。

彼女がリボンを解いて小さな箱の蓋を開ける。なかに松ぼっくりのようなものが入っている。

「薔薇です」と彼は説明する。

たしかに薔薇だ。黄金色の木にかなり繊細な彫刻が施されている。

「とてもきれい」

「ショパン家に、フレデリックの両親の家にあったもので。ポーランドの民芸品です。この手の民芸品はおもに宗教上のもので、教会の祭壇用です。でもフレデリックの両親は信者ではなかった、だからこれは装飾品として家に置かれた、花といっしょに。彼らの家にあったころは彩色されていたが剝がれてしまって、二百年も前だから、わたしは木目が出ているほうがずっと美しいと思うけれど。この木のことを英語でなんというかは知りません。ポーランド語では「シフィェル」（トウヒ）といいます」

というわけで彼女は聖なるショパンの遺物を保管する係になろうとしている。はたして自分はその適任者だろうか？　神を信じているわけでもなく、ショパンについてはさらに怪しいのに？「ありがとう、ヴィトルト。美しいわ。大切にします。でもそろそろお休みなさいをいう時間かしら。わたしは早寝で。およそスペイン人らしい習慣じゃないけれど、でもそうなんです。ごめんなさい、あなたもお部屋に引き取って。家に鍵をかけなければいけないので。鍵をかけないと寝つきが悪くて。外の明かりはつけておきますから。お休みなさい」彼女は挨拶のキスを受けるために片方のほおを出す。「ぐっすり眠って」

22 いつもならすぐに眠りに落ちるのに、今夜はだめだ。間違いだったのだろうか？　ポーランドの人をソーイェルに招いたのは。**あなたといっしょに暮らしたい、握り合わせた両手のように。来世もまた。**なんてセンチメンタルな戯言！　**あなたはわたしに安らぎをもたらす。**そして彼のヒーローの家にあった薔薇ときた。**あなたのために！**　なんのジョーク！

その週の残りが目の前でぱっくり口を開けている。その時間をどうやって潰すつもり？　そぞろ歩きで？　間の抜けた会話で？　海辺へ行ったり、レストランへ行ったり？　そんなありふれた日課に耐えられるだろうか——文明人で、礼儀正しい、普通の、ふたりの人間が——そのうちどっちかがブチ切れるんじゃないか？　おまけにこれはヴァケーションのはずだった。

あの男はなにを望んでいる？　彼女はなにを望んでいる？

23

日中だ。朝食は済んでいる。

「お見せしたいものがあるんです」といって彼女は奥の部屋に彼を案内する。そこにはピアノがあって、埃避《ほこりよ》けのシートが大むかしからかかっている。彼女が覚えているかぎりずっとだ。

そのシートを彼女が取る。「ちょっと見て」と彼女。「使いものになるかしら？」

彼は肩をすくめて、「古いな」という。「スペイン製か。スペインはピアノ製造では有名とはいえないが」といって、ぱらぱらっと音階を弾く。キーは重くて粘つき、ハンマーがひとつ欠けていて、弦はすっかり調子が狂っている。「道具はある？」

「ピアノ用の道具？　ないわ」

「ピアノ用の道具じゃなくて、機械に使う工具でいい」

彼女がガレージで道具箱のありかを教える。彼はスパナとプライヤーを選んで、一時間ほどピアノと格闘する。それから椅子に腰掛け、シンプルな曲を弾く。ハンマーのない部分でカチッと変な音をたてながら。

「ごめんなさいね、こんなものしかなくて」

「オルフェウスのこと覚えてる？　オルフェウスはピアノなんかもってなかった、ハープだけだ、ごく初期の、それでも動物たちはやってきて、彼の音楽に聞き入った、ライオン、虎、馬、牛、みんな。平和会議だ」

オルフェウス。そうか、彼はいまオルフェウスなんだ。

24

彼らは車を走らせて港まで行き、湾を見おろすテラスでコーヒーを飲む。バルデモーサはどうだったかと質問してみる。「あそこの聴衆は耳がよかった？　あなたの演奏をちゃんと評価したかってことだけど？」

「演奏したのは古い修道院で。音響は良くない。でも聴衆は——そう、聴衆のなかには真摯《シリアス》な人たちがいたな、数人だが」

「あなたの好きなのはそれね——真摯な人たち？　わたしは真摯な人には入らない？」

彼は、彼女を頭から爪先まで見る。「ポーランド語でいうヘビーな人のことかな、空気でできていない人のことだけれど。あなたはヘビーな人だ」

彼女は声をあげて笑う。「英語ではソリッドっていうの——堅実な人とか、中身のある人とか。ヘビーは太った人のことですよ。わたしが空気でできているわけじゃないと考えてくれるのは嬉しいけれど、それはちがうわね。わたしは堅実でもないし、中身のある人間でもない」

彼女は考える——もしもあなたがわたしのことを液体《リキッド》みたいだといえば、あなたを信頼しはじめるのに。でも彼はそうはいわない。

わたしはリキッド。抱きしめようとしたら、水のようにあなたの両手からこぼれてしまう。

「でも、あなたはソリッドね。ひょっとしたらショパン弾きとしてはソリッドすぎるかも。あなたにそういった人はいなかった?」

「多くの人がショパンは空気でできていると考えている」と彼はいう。「その誤りをわたしは正そうとしている」

「ショパンには空気がたっぷりありますよ。水は、流れる水は、もっとある。リキッドな音楽。ドビッシーもそう」

彼は首をかしげる。その身振りが肯定なのか否定なのか、彼女には解釈する手立てがない。たぶんわからないままだ。外国の人だから。

「そんなふうにわたしは思うけれど」と彼女。「でもわたしにはわかってないのかな？　音楽じゃただの素人ですから」

25　午後いっぱい彼は奥の部屋で即興でピアノを弾いている。カチッというノイズは聞こえないので、デッドキーは避けているらしい。創意工夫がないわけじゃないんだ。

彼が忙しくしているあいだに、彼女はいまや彼のテリトリーとなったコテージを探りにいく。浴室に微かなオーデコロンの匂いがこもっている。なんとはなしに鏡の下側の棚にきちんとならんでいる彼のトラベルキットを調べる。カミソリ。真っ黒な柄のヘアブラシ。ポマード。シャンプー。ずらりとならぶピルボックスには、いちいちポーランド語のラベルが貼ってある。別の時代からやってきた男。ひょっとしたらポーランドって全部こんな感じかも――過去にとらわれたまま。ポーランドに、自分はなぜこれほど好奇心が湧かないんだろう？

26　彼にピアノを弾いてと頼む、彼女のために。「あなたがバルセロナで弾いたルトスワフスキの小品がいいな」

最初の三曲を彼は弾く。音の出ないF音のところでカチッといわせながら。

「これでいいかな？」

「ええ、それでいいわ。ショパンからちょっと離れたかっただけだから」

27

「マヨルカのあとは、どこへ行くの？」と彼女がきく。

「ロシアで予定が入っている。ひとつはサンクト・ペテルブルク、もうひとつはモスクワ」

「ロシアでも有名なのね？　無知でごめんなさい。ロシア人はあなたを高く評価してるかってことなんだけど」

「だれもわたしを高く評価なんかしてないさ、この世のどこであれ。それはもういいんだ。わたしは古い世代だから。もう歴史だな。博物館入りすべきなんだ、ガラスのキャビネット入り。でもご覧の通り、ここにこうしている。まだ生きている。**奇跡**だ、と彼らにいうよ。**信じられないなら手で触ってごらん、わたしに**」

彼女はわけがわからなくなる。信じられないって、だれが？　彼に手で触るよう誘われているのはだれ？　ロシア人たち？

「自分を誇りに思うべきですよ」と彼女。「だれもが歴史に名を残せるわけじゃないんだから。生涯かけて歴史の一部になろうとしても失敗する人は大勢います。わたしは歴史の一部になろうなんてぜんぜん思わないけれど、たとえばですが」

「でもあなたにその気はない」

「そう、その気はない。わたしはありのままの自分で満足です」

彼女が口にしないこと――なんで歴史に名をとどめたいと思わなきゃいけないの？　歴史がなんだっていうの？

「この町に理髪店はある？」

「何軒か。どうしてもらいたいの？　ヘアカットだけなら、わたしにもできるけど。息子たちの髪を何年も切っていたから。上手いのよ、プロなみ」

これはかなりテストっぽいな。ライオンのたてがみさながらのあの髪が、どこまで彼の虚栄心をくすぐっているか？

虚栄心なんかじゃないことが判明する。「あなたに髪を切ってもらえたら――それは最高の贈り物になります」

首のまわりに布を巻いて彼をポーチに座らせる。鏡はいらないという。彼女への信頼は絶大のようだ。髪を切っているあいだ彼はずっと目を閉じて、口元に夢見るような笑みを浮かべている。頭皮に彼女の指が触れるだけで満たされるってこと？　だれかの頭をそっと撫でる、それは思いのほか親密な行為だ。

「髪がとても細いのね」と彼女。「男の髪より女の髪に近い」とはいうけれど、頭頂部が禿げはじめてるとまではいわない。でもたぶん彼は知っているのだろう。

彼女の父親は死ぬ前の何週間か、何カ月か、看護師に世話を焼いてもらっていた。それでもしょっちゅう呼ばれて手伝いにいったのは彼女ベアトリスだ。その役を担う心づもりがなかったわけではないにせよ、自分でも驚くほど見事にこなした。かりにポーランドの人がいま病気になっても、彼女は世話を焼くだろう。自分でもそれがごく自然だと思う。不自然なのは、彼がケアの必要な老人としてではなく、愛人になるつもりで彼女の家にやってきていることだ。

29

「結婚のことを一度も話してくれないのね」と彼女。「幸福な結婚だった？」

「わたしの結婚は遠い過去のことで。それも共産主義時代のポーランドでのことで。一九七八年、それは終わった。一九七八年はほとんど歴史だ」

「あなたの結婚が歴史だからって、それが現実になかったことにはならないでしょ。思い出は現実だって、そういったのはあなたですよ。あなたには思い出があるはず」

ポーランドの人は微かに、自分だけの笑みを浮かべる。「良い思い出を記憶する人がいる。悪い思い出を記憶する人がいる。われわれはどの思い出を記憶するか選ぶものなんだ。なかには地下《アンダーグラウンド》に仕舞いこむ思い出もある。アンダーグラウンドっていうのかな、それ?」

「そう、そんな言い方するわね。アンダーグラウンド。悪い思い出の墓場かな。良い思い出のことを話して。あなたが結婚した相手はどんな人だった? 名前はなんていうの?」

「名前はマウゴジャータ、でもみんなはゴーシアって呼んでいた。教師だった。英語とドイツ語を教えていた。わたしの英語は彼女の指導の賜物だな」

「その人の写真はもってないの?」

「ない」


あたりまえだ。もっているわけがない。

彼女の結婚とそれにまつわる思い出について、良いも悪いも、彼は質問してこない。彼女が夫の写真を行く先々へ持ち歩くかどうか、質問してこない。どんなことも質問してこない。好奇心ってものがないのだ、まさしく。

30 それは彼らが交わした親密な会話のひとつだ。それ以外はいっしょにいてもしゃべらない。彼女はふだん寡黙ではない――友達とならあふれんばかりにことばが出てくる――だがポーランドの人が発する寒波が軽薄さを完全凍結してしまうらしい。これは言語の問題だと彼女は自分に言い聞かせる――もしも自分がポーランド人なら、あるいは彼がスペイン人なら、ごく普通のカップルのように、もっと楽に話ができたはず。でも彼がスペイン人ならちがう男だろうし、自分がポーランド人ならやっぱりちがう女だろう。彼らはいまある彼らなのだ――大人で、そして文明人。

31 彼女はランチのために彼をフルナルーチへ連れだす。夫とよく使う、こじんまりとしたくつろげるレストランではなく、一世紀前は地方名士の邸宅だったホテル付属のレストランだ。中央に屋根のない中庭があって、鳥が飛んできてテーブルのあいまを歩きまわったり、噴水の水を浴びたりしている。だれもふたりのことを詮索しないし、だれも関心を示さない。彼らは自由な存在で、説明はなにもいらない。

彼女がトイレに立つ。暗がりから外へ出るとき、出口でちょっと立ち止まり、自分の姿を彼が目でとらえるのを待ってから、おもむろにテーブルのあいまを縫って席へ戻る。彼の視線はずっと彼女に注がれたままで、ふたりのウェイターの視線も注がれたままだ。

自分の姿が男たちにおよぼす効果を彼女は自覚している。気高さ《グレイス》なんて、そんな骨董品みたいな概念ではない。彼はポーランドかロシアでこの瞬間を追体験するのだろう、と彼女は考える。フロアを横切りながら、自分に向かって肉体となったグレイスのヴィジョンが近づく瞬間を。**われわれはこれに値するなにをしたのか？ 客も、料理人も、ウェイターも、われわれのすべては？** と彼は考えるんだ。**グレイスが、われわれにその輝きを振りそそぎながら空から降りてくる、**と。

32 家でいっしょに過ごす三日目だ。ロレートは仕事を片づけて家に帰った。彼女は、ベアトリスは、本を読もうとしたが、気が散って読めない。時間はのろのろとすぎていく。時計の針を強引に進めたいくらいだ。

夕暮れが近づく。彼女はコテージのドアを叩く。「ヴィトルト？ 晩御飯を料理したんだけど」

黙って食べる。食事が終わると彼女がいう。「後片づけはわたしがやるわ、それから自分の部屋に戻ります。裏手のドアの鍵は開けておくから。夜中に淋しくて訪ねてきたくなったら、そうして」

彼女がいうのはそれだけ。話し合いはしたくないのだ。

歯を磨き、顔を洗い、髪を梳かして、バスルームの鏡に映る自分の姿を点検する。鏡のなかの自分をじっと見つめるなんて、本や映画に出てくる女たちがやることだけれど、彼女は本や映画のなかにいるわけではないし、自分をじっと見つめているわけでもない。ちがう、彼女を見つめているのは鏡の向こうにいる存在で、その存在からの点検を彼女はあまんじて受けようとしている。向こうからいったいなにが見えているのか？

集中力を駆使して、鏡の向こうに自分を移そうとする。異なる自分のなかに住みつき、異なる眼差しになりきろうとする。無理だ。

黒いナイトドレスを着て、カーテンを開け、明かりを消す。月明かりが流れこむ。彼女はまだ容姿端麗、まだまだいける。**すごいよね、ルックスの保ち方が！**とマルガリータはいう。**子供がふたりもいるのに十八歳でも通りそうな体型！**そう、彼には自分が幸運だと驚嘆してもらおう。でも問題の子供ふたりはこの姿を見てなんていうかな？　ママ、どうしちゃったの？

裏手のドアが開く音がする。足音が聞こえる。彼女の寝室に入ってくる。無言で彼は服を脱ぐ。彼女は目をそらす。彼の体が隣に横たわるのを感じ、大きな分厚い胸が密着してくるのを感じる、胸毛が分厚いマットのよう。**熊みたい！**　と思う。**自分はいったいなんに深入りしようとしている？　と思ったときは手遅れで、もう後戻りできない。**

できるだけ彼を助けながらセックスする。老人たちとセックスしたことはないけれど、彼らがベッドでどんなトラブルを抱えるかは推測できる。能力不足だ。それは奇妙な経験で、少なからずビビらずにはいられない、あの巨体の重みがのしかかってくるのだから、でもそれもほどなく終わる。

「さあこれでわたしをものにしたわね、あなたの慈悲深き《グレイシャス》レディを手に入れたわけだ。満足した？」

「胸がいっぱいだ」と彼はいって、彼女の手を自分の胸に強く押しつける。微かに彼の心臓の鼓動が伝わってくる。ドキンドキンドキン、彼女の安定した心拍より、早い――はっきりいって驚くほど早い。ベッドに横たわる死体なんて絶対にごめんだ。

「いっぱいの胸がどんな感じかわからないけど」と彼女。「空っぽの胸の逆かな。でも気をつけて。聞こえてる？　わかった？」

「聞こえてるよ、カリーニョ」

カリーニョ*とはまた。いったいどこで仕入れてきたのか？

33

自分のベッドで男の、この巨大な塊といっしょに過ごすつもりはない。「眠らなくちゃ」と彼女はいう。「だから帰ってね。朝になったらまた。お休みなさい、ヴィトルト。よく眠って」

服を着る影になった彼の輪郭をじっと見ている。ドアを開けるときあたりが一瞬明かるくなり、そして彼は去る。

まだ三晩もソーイェルで過ごすのか。三晩とも迎え入れてくれると彼は思っているのだろうか？　疲労の波がざんぶりと彼女を襲う。バルセロナの自分のベッドに、自分の生活に戻りたい、こんなややこしいことのない暮らしに、と思う。とにもかくにも、眠りたい。

34　朝になり、念入りに気を配りながら身支度をする。服、メイクアップ。キッチンに出ていくころにはポーランドの人はもう朝食を終えている。挨拶のキスのために彼女はほおを差しだす。

「よく眠れた？」と彼女がきく。彼はうなずく。

フルーツのボウル越しに彼を観察する。どんなようすか？　困惑している、そんな感じ。たぶん彼も眠れなかったんだ。

責める相手は自分しかいないのだ、と自分をたしなめる。暗闇にいっしょに投げこまれた見知らぬふたりが、どちらも心づもりのできていないことを演じたのだ。演技者たち。パ

＊スペイン語で親が子に、また恋人、夫婦間で使われる呼称。

フォーマーたち。幕が降りれば無罪放免と思ったんでしょ、面倒なことにはならないと思ったんでしょ、でも、とんだ誤り、見当違い、大間違い。

「泳ぎにいくのはどう?」と彼女はいってみる。「水着は持ってきた? ノー? よかったらソーイェルで買えるけど」

ふたりしてアウトドアライフ用品の店へ行く。ポーランドの人に合うサイズは黄色しかない。

時刻はまだ早い。彼女のお気に入りのビーチには、家族連れの姿はまだない。いるのは本気で泳ぐつもりの人だけだ。

なんとも奇妙な経験だ。ほんの数時間前は裸でベッドにいたふたりが、こうして半裸で、太陽の日差しを浴びて、相手を眺めやるのだから。彼女が目にしているのは? 彼の脚はなんて細くて、ひょろ長いんだろう。彼女は自分の腿の内側に浮いている網状の青い静脈に、彼が気づかなければいいと思う。

あなたはわたしに安らぎをもたらす。汗まみれの肉体と格闘するもうひとつの肉体。男にとっても女にとっても衝撃の度合いは変わらない。あんな激しいやり取りのあとは、敬愛だの崇拝だのが残る余地はない。敬愛なんかとっくにお払い箱だ。

水のなかでは別行動。彼は浅瀬にとどまり、彼女は深いところへまっしぐら。

海のなかでひとり――心底ホッとする。深く潜ってイルカに変身すれば、みずから引き起こした混乱をすべて洗い流せるかもしれない。よく知らない男を夫の子供時代の家に招待するとは、なんて愚かしい思いつき！

35
ふたりは家に戻っている。「ロレートのことを話しておきたいんだけど」と彼女はいう。「ロレートは女だから、女の勘が働く。なにが起きているか、彼女から隠しだてしようとしても無理。そうはいっても、わたしたち、目にあまることは慎まなければ。なにをいっているか、わかるかしら？　彼女の目の前で平然と不倫を続けて、彼女を侮辱するのはダメってこと――だってあれは、ことばにすれば、そういうことだから。彼女には彼女のプライドがある。この家から出ていって、もう帰ってこないかも。となるとわたしが屈辱を受けることになる」

「わかります」とポーランドの人はいう。「わたしたちは愛人のように振る舞わない」

「その通り。わたしたちは愛人のように振る舞わない」

「あなたに会ったその日から、わたしは人知れず、あなたの愛人だった。わたしのように巧みに秘密を守ることのできる人は、この世にはいない」

「本気でそう思ってるなら、お馬鹿さんよ、あなたは。わたしには手の内が透けて見える。ロレートにも透けて見える。どんな女にとっても、あなたは透明至極。わたしがあなたに頼んでいるのは、秘密を守ることなんかじゃないの、ぜんぜんちがう。わたしが頼んでいるのは、あるフィクションを維持すること。敬意を払って。それができる?」

ポーランドの人がうなだれる。「詩人のダンテはベアトリーチェの愛人だったが、だれも知らなかった」

「そんなのナンセンス。ベアトリーチェは知ってましたよ。彼女の友達はみんな知っていたわね。くすくす笑い合っていた。女の子たちがやるように。ヴィトルト、あなた、自分がダンテだって本気で思ってるの？」

「いや、わたしはダンテではない。わたしには閃《ひらめ》きがない。それに、ことばを巧みに使えない」

36 午後になって散歩に出かける。丘を登るおなじ道をたどって。

「娘さんのこともっと話して」と彼女。「あなたに似てる？ それともお母さんに似てる？」

「わたしに似ていたら災難ですよ。幸い、外見は母親に似ている」

「そして内面は？ 情熱の面でお母さんに似たの？ それともあなたに？」

「イエスでもありノーでもあるかな。わたしにはわからない。娘というのは自分の情熱のことを父親に話したりしない」

彼女はそれを聞きながす。情熱《パッション》、彼はこの語をどういう意味だと思ってるんだろ？　夏の夜の裸体？

ふたりの会話はどれもそんな感じだ。暗闇でやりとりされるコインのよう、どんな価値があるのか無知なままで。

ときどき彼女は自分のいうことを彼が聞いていないなと感じることがある。聞いているのは声の調子だけで、自分は話しているというより歌っているみたいなのだ。彼女は自分の声が好きではない。低すぎて、柔らかすぎる。でも彼はそれを吸いこむように聞いている。いつだって彼女の最良のものを見ている。

愛するけれど見返りに愛されたいと思わない、そんな不自然さがある。

なぜいっしょにいるのか？　なぜ彼をここに連れてきたのか？　楽しいと感じるものがあるとしたら、それはなに？　答えは、彼が彼女のなかに快楽を求めるようすにあまりに裏表がないから。彼女が部屋に入っていくと、ふだんはひどく暗い彼の顔がパッと明るくなる。彼女をじっと見る眼差しのなかには微量の雄の欲望があるけれど、結局あれは、自分の幸運がまるきり信じられないという賞賛の眼差しであり、眩惑の凝視なのだ。その眼差しに自分をさらすのが彼女には快い。

彼の手も好きになる。手仕事で生計を立てていると考えるのが面白いのだ。

とはいえ、彼女を苛立たせる特質もある。彼の堅苦しさ、周りの世界へのよそよそしさ、とりわけ話し方の仰々しさ。彼がいうことはどれも、することはどれも、フォーマルな感じがして。彼女の腕のなかにいるときでさえリラックスできないらしい。さぞやコミカルな見ものだろうな、ふたりが英語で話しながらセックスするところは、エロチックな感覚へ達するには閉じられた言語で。

彼に対して残酷すぎるのかな？　優しさを欠いている？　わたしたちはふたりして一定量の優しさしかもたずに生まれてきたのかな？　優しさを夫や子供たちのためにすべて使い果たしてしまった彼女には、この晩年の愛人の分は残っていない？

もしも愛していないなら、彼に対して抱いているこの感情はなんと名づければいいの？　こんな問題だらけの小道へ自分を誘いこんだ感情とは？

もしも彼女がそれをぴたり言い当てなければならないとしたら、哀れみと呼ぼう。彼女に一目惚れした彼を哀れに思い、哀れみから彼の欲望を満たした。そういうことか、これは自分のミスだ。

37　夫が電話してくる。「音楽家の友達とはうまくやってる？」

「まあまあね。昨日バルデモーサからバスでやってきて。奥の部屋のピアノを修理してくれたのよ。修理できる範囲でだけど。これはわたしたちにとって大助かりでしょ。今日の午後はドライブに出かけてこの島を案内しようと思って。明日は彼が帰るから」

「それで個人レベルでは？」

「個人レベル？　完璧にうまくやってますよ。彼はちょっと陰気《アリスコ》だけど、それは気にしないことにしてる」

嘘をつくことに彼女は慣れていない、でも電話ならそれほど難しくはない。それに深刻な嘘じゃないし。最終的には大したことではなくなるだろうし。このソーイェルで起きたことなど、どれも、あっけなく過去のものになって忘れられるのだから。

38

残された三晩、ポーランドの人は彼女のベッドを欠かさず訪れる。彼女が思い出すのは、ギリシアの物語に出てくる少女のことだ。見知らぬ黒い訪問者が自分のベッドで怪物に変身するのではないかと気が気でなくなり、ランプを点けると神だとわかる物語だ。彼女ベアトリスにはランプなど要らない。彼女のベッドにいる見知らぬ人は怪物ではなさそうだが、もちろん神ではない。

とはいえ、その少女はなぜ訪問者をその目で見なければと思ったのだろう？　馴染みのない雄の身体の体重で、その圧力で、十分ではなかったのか？

新たな体験の衝撃。ピリピリ感電するような、鮮やかな衝撃。一気にさらわれて泥流に埋められるような暗いものじゃなくて。

二晩目のある瞬間、ありありと過去からの甘美な感覚がよみがえる。落ちていく感覚。あれは永遠に消え去ったと思っていた。青春にのみ属するもの、あるいは子供時代に属するものだと思っていた――ウォータースライドを滑り降りる恐怖と歓喜、意志などきれいさっぱり手放さざるをえない、束の間の純化、そんな経験。

ほかに彼女が覚えているのは？　彼女の肌を爪弾いて、彼女から音楽を引きだす指たち。音楽家のタッチ。

ときどき、彼がエロチックな仕事に専心しているとき、彼女の心がふいに浮いて、ロレートにいわなきゃと思う買い物のことや、忘れていた歯医者の予約のことへ彷徨っていく。

愛人として男は有能だけれど、十二分に有能とまではいかない。精神がどれほど堅固でも、肉体としての軋みと精力の衰えが、性行為におよぼす負荷は如何ともしがたい。彼は能うるかぎりそれを補おうとして、ベッドから立ち去るときは必ず彼女に感謝のことばを述べる。「心からあなたに感謝します」彼女はその瞬間、愛とまではいかなければど、哀れみの心で彼に寄り添う。男って大変ね！

彼女は彼を愛撫する気になれない。彼女が気乗り薄なことに、肉体的な嫌悪感に、彼は気づいていて、それを彼女は知っている。気づきが彼の儀式的な感謝のことばに流れこむ。こ

こまで身を落としてくれてありがとう。

彼女は罪の意識を感じてしかるべきなのだ。みずから欲望を感じない男と寝たりしてはいけないのだから。でも彼女は罪の意識など微塵も感じない。**たっぷりとあたえているし、これがずっと続くわけではないし、**と自分に言い聞かせる。

39 べ・ア・トリス、と彼女の耳に彼はささやく。**わたしはあなたの名を口にしながら死ぬつもりだ。**

40 彼女は彼の腕のなかにいる。最後の夜。彼女がもちだす。「いいにくいんだけど、ヴィトルト、でも今夜で終わり。もう二度と会わないことにしましょう。そうしないと、わたしの暮らしが立ちいかなくなる。説明はしたくない。そのまま受け入れて」

暗くてよかった、と彼女は思う。傷つけあうのは好きではない。彼の顔に、どんなものであれ傷ついた表情が浮かぶのは見たくない。

「悪く思わないで。お願いだから。八時十五分発のバルデモーサ行きのバスがあるの。バス停まで車で送ります」

そう伝えることばは前もって練習しておいた。だからその瞬間が人工的な感じになるのも無理はない。まるで屋外のどこかに立っているか頭上でホバリングしているか、女の声を聞きながら男の反応をじっと見ている感じだ。

男は反応する――抱擁の手を緩めると、温かかった抱擁が一瞬のうちに冷めていく。彼は反応する――背を向けて、起きあがり、服に手を伸ばす。彼は反応する――ドアまで歩いていって（暗闇のなかでちょっとよろけながら）外へ出ていく。もしも彼女が耳を澄ませば、彼がキッチンのドアを後ろ手に閉めるカチッという音が聞こえるだろう。

彼女は思い切りため息をつく。よかった、ほっとした、彼の反応はプライドを傷つけられた怒りではなかった、懇願して彼自身に屈辱をあたえたりしなかった、それはことばにならないほどの安堵だ。もしも彼が懇願していたら、彼女は永遠に彼に背を向けることになりかねなかった。

41 結局は、ある懇願を彼は持ちだす。最後の懇願、翌朝のバス停への道すがら。「ロシアのあとで、いっしょにブラジルへ飛んでいけるんだが。そうすればあなたはブラジルの海で泳げる」と彼。

「ノー」と彼女。「あなたについて世界中まわる気はないの――あなたも、ほかのどんな男も。ノー」

バス停に到着する。「わたしはバスを待たないから。さよなら」と彼女はいって彼の口にキスする。そして立ち去る。

42 家に帰ってコテージを調べる。痕跡はなにも残していない。物質的な痕跡はない。良い客だ。

43 「セニョールは戻ってきますか？《エル・セニョール・ブエルベ》」とロレートがきく。

「いいえ、セニョールは国に呼び戻されたの。《ノ、エル・セニョール・ア・シド・リャマド・デ・ブエルタ・ア・ス・ティエラ・ナタル》ポーランドに。《ア・ポロニア》戻ってこないわ《ノ・ボルベラ》」

44 その日の残り時間、彼女はあえてゆっくりと、落ち着いていつもの日課をこなす。まだ自分はショック状態のなかにいる、ポーランドの人が寝室に初めて姿をあらわしてからずっとそう、それはわかっている。落ち着いてすごしていれば、時間ぐすりが効いてくれば、ショック状態が——一枚の布が全身にきつく巻きついて息ができない状態が脳裏に浮かぶ——緩んで、暮らしはいつもの、馴染んだ日常を取り戻すはずだ。

　一枚の布、さもなければ木枠、ギリシアの物語に出てくるような木製の枠か。こうあるべきだというだれかほかの者の想念に合致するまで、ベッドのなかに四肢を押しこめられたような。*

　ポーランドの人だって、彼女が知るかぎり。不都合なほど長い脚と大きな手をしたあのポーランドの人だって、彼自身の木枠に押しこめられてきたのかもしれない。

45　バルセロナに飛んで帰るまでの日々、彼女には自分の記憶を整理して、これからの自分に語り聞かせる秩序立った物語にする時間がある。その物語が彼女の物語になるのだ。彼女は、**浮気をした（had a fling）**ことにする（ここは英語表現を使おう）。彼女は招待された音楽家と浮気をして、それに報償がついてきた、でもそれも終わり。もしも勘の鋭いマルガリータが、そのことで非難したら（だれかといっしょだったでしょ！　わかるわよ！）、しらばっくれるつもりはない。あのポーランド人ピアニスト、あなたがバルセロナに連れてきた――覚えてる？　彼、ショパン・フェスティバルで演奏してね、時間ができた、わたしにも時間があった、だから数日いっしょにすごした。べつに大したことじゃないわ。間違いなく彼は恋多き人だし。

彼女の物語は不完全で、ある点から見ると本当ではないかもしれない、その可能性は考慮に入れるつもりだ。でも、自分の心をのぞきこんでも、暗鬱な残留物はない。後悔も、悲嘆も、憧憬も――将来の禍根となるものは皆無だ。

大したことではないのだ。恋愛とは心のありよう、存在のありようであり、ひとつの現象、廃れゆくひとつのファッションで、みるみる過去のものとなって、歴史の奥へと後退してゆくものではないのか？　ポーランドの人は彼女に恋をした、本気で恋をした――いまも恋しがっているかもしれない――でもポーランドの人自身が歴史の遺物なのだ。手に入らないものが実物としてあらわれないうちに、その気配で欲望は掻き立てるべきものとされた時代の遺物なのだ。彼女ベアトリスは、彼の最愛の人はどうか？　もちろん彼女は手に入らないも

＊プロクルーステースの寝台、泊めてやった旅人を無理やり寝台に押しこめ手足を切ったり引き伸ばしたりして殺した。

のではなかった。むしろ逆で、あっけなく落とせる存在だった。わたしの家を訪ねてらっしゃい。わたしのベッドにいらっしゃい。あまりに簡単に落とせることのスティグマから、彼女が最終的に自分を救いだしたとしたら、それはポーランドの人を追い払ったことによってだった――ポーランドの人はこうしているいま、彼自身の物語を作りあげているにちがいない。彼の心に、癒えるには長い時間のかかる傷跡を残した、残酷なスペイン女の物語を。

第四章

1 バルセロナから戻ってしばらく、マイルドなショック状態が続く。マヨルカで起きたことがこれほど長く尾を引くとは思わなかった。爆弾が炸裂して、怪我はないものの耳が聞こえなくなった感じだ。

ショック状態であっても、再開した活動に集中することはできる。彼女はある委員会のメンバーになって、新進の若手ミュージシャンを育てるレジデント制度のため資金集めをしている。毎日、何時間も電話をかけたり受けたりして働く。コンサート・サークルのこともある。常連がだんだん歳を取り病気になって、聴衆に翳《かげ》りが見えてきた。トマース・レシンスキは他界した。妻のエステルはフランスに住む娘のもとへ引っ越し準備の真っ最中。サークルが市から受け取る助成金は半分に減額されようとしている（「財政逼迫」のため）。そんなわけでコンサートの企画は年十回から六回に縮小せざるをえなくなりそうだ。

ポーランドの人が恋しいとは、少しも思わない。彼は手紙を書いてくる。その手紙を彼女は読まずに削除する。

2　二〇一九年十月、サラ・モンポウを訪ねると、だれかがドイツから彼女に連絡を取ろうとしていると職員に告げられる。「以前ここで演奏をしたミュージシャンのことで、名前は聞き取れませんでしたが、ロシア語のようでした。これがかけてきた女性の電話番号です」

その番号に電話すると、留守電の応答メッセージが聞こえる。ドイツ語だ。彼女は英語で自分の名前を残す。

折り返し電話がかかってくる。「エヴァ・ライヒェルトです、父のヴィトルト・ヴァルチキェーヴィチが亡くなりました、たぶんご存知でしょうが?」

「いいえ、知りませんでした。お気の毒です。お悔やみ申しあげます」

「長いあいだ病気でした」

「まったく存じませんでした。残念ながらあなたのお父さまとはかなり前に連絡が途絶えてしまって。お名前は長く記憶されることでしょう。偉大なピアニストでした」

「ええ。父があなたに残したものがあるんです」

「まあ、どんなものでしょう？」

「わたしは見ていません。それはまだワルシャワに、アパートにあるので。いらっしゃいました？」

「ワルシャワに行ったことはありません、ミセス・ライヒェルト、エヴァさん。わたしはポーランドには行ったことはありません。電話する相手をお間違えではないですよね？」

「この番号にかけたら、あなたが電話をくれた、ということはあなた——ですよね？」

「わかりました。残されたものを送っていただけますか？」

「ベルリンにいるので、なにも送ることはできません。ワルシャワの隣人の名前をいいますので、あなたからその人に頼むことならできます。名前はパニ《ミセス》・ヤブロンスカ、長いあいだ父の友人でした。彼女があなた宛に残されたものを全部まとめて、あなたの名前をつけた箱に入れました。ただし、すぐに行動してください。わたしは弁護士からくる書類を待っているだけで、とどいたらアパートは売りに出します。ひょっとしたら、あなたにはそれほど重要なものではないかもしれませんが、わたしにはわかりません、決めるのはあなたです。でも念を押しますが、行動するならすぐに、です。ワルシャワには「ヴォールテーティゲ・オルガニザツィオーン*」というのがあって、英語でどういうか知りませんが。その人たちにアパートへ行ってなかのものを全部運びだして、きれいに片付けてもらう手筈をつけます、それが彼らのやり方なんで。だからそれを手に入れたければ、パニ・ヤブロンスカに電話して」

彼女はワルシャワの住所と電話番号を書き取らせる。

「ありがとう。パニ・ヤブロンスカと話してみます、なにができるか。お父さまがわたし宛に残したものに、心当たりはないのかしら?」

「ありません。父は自分の秘密を絶対に教えてくれなかった。それに、パニ・ヤブロンスカは英語を話さないので、電話するときは翻訳を頼まなければならないです」

「ありがとう。教えてくださって。さよなら」

秘密か。つまり自分はあのポーランド人の秘密のひとつということか――バルセロナの秘密。ほかにどんな秘密を世界中の都市に残したんだろ？

3 宅配会社に電話する。はい、ポーランドでも営業しています、ヨーロッパ全域で営業しています。はい、ワルシャワの住所から託された荷物を集荷できます。どんな荷物ですか？箱が一個？ 大きな箱ですか？ 小さな箱ですか？ 五キログラム以下の荷物を、ドア・トゥ・ドアで集荷して配送する料金は一八〇ユーロですが、関税がかかるとその分が追加されます。箱の中身によります。箱にはなにが入ってますか？ 写真？ CD？ 中古のCD？ EU内では通常そういった物に関税はかかりません。手続きに入りますか？

＊ドイツ語で「慈善団体」の意味。

まず集荷できるよう手配させてください、それから電話をかけ直します、と彼女はいう。

4　サラ・モンポウを利用している室内楽オーケストラのメンバーにロシア人がいる、ヴァイオリニストだ。リハーサルが終わった彼をつかまえる。「ちょっと時間を割いていただけない？　ポーランドにいるレディにメッセージを伝えなくてはいけないの。番号はわかってます。わたしが電話をかけたら、あなたが出て、彼女にメッセージを伝えてくれないかしら――宅配業者が金曜日に箱を取りにいくって？　やってくれない？」

「ポーランド語はできません」とヴァイオリニストがいう。「ポーランド語はロシア語ではありませんよ、ちがう言語です」

「ええ、知ってます。でも相手は高齢の女性で、長い歴史を生きてきた人なので、ロシア語も少しは知っているはず、ごくシンプルなメッセージだから」

「ポーランド人にロシア語で話しかけるのは侮辱に近いけど、あなたのためにやってみましょう。宅配業者は金曜日に行くんですね？」

「金曜日に宅配業者が行くので、その人に箱を渡してくれって伝えて」そういって彼女はパニ・ヤブロンスカの番号を押して、電話を渡す。

応答がない。

「文面をロシア語で書いてちょうだい、それを送るから。文面は『パニ・ヤブロンスカさん、こんにちは。わたしの名前はベアトリスです、パン《ミスター》・ヴィトルトの友人です。宅配業者が金曜日に行きます。その宅配業者に箱を渡してください』」

「ラテン文字に置き換えて書きますね」とヴァイオリニストはいって入力する。*Dobri den, Pani Jablońska. Menya zovut Beatriz, ya drug* … ここに彼の名前を入れて *Kuryer priyedet v pyatnitsu. Pazhaluysta, otdayte korobku kuryeru.* 「上手いロシア語じゃないけど、たぶんポーランドのレディには伝わるでしょう。ぼくはもう行きます。上手くいったら結果を教えてくださいね？」といって彼はあたふたと立ち去る。

ロシア語の文面にも返事はない。翌朝早くロシア語のメッセージを手元におき、読みあげられるよう準備してパニ・ヤブロンスカに電話をかける。またしても応答なし。彼女は電話をかけつづける、昼に夜に、何時間も、それでも埒《らち》が明かない。

5 いったいポーランドの人は彼女のためになにを残したの？ なんであれ、こんな大騒ぎに値するものなの？ 彼が録音したショパンの演奏を、はたして自分はもっと聞きたいのかな？

未来は目の前に大きく広がっているのに、ポーランドの人が彼女を引き戻そうとしている。墓から巨大な鉤爪《かぎつめ》を伸ばして彼女を過去へ引きずりこもうとしている。そうか、屈服することはないんだ。鉤爪は振り払える。宅配業者に注文をキャンセルします、ということもできる。娘には、パニ・ヤブロンスカにロシア語でチンプンカンプンなことを話すのがあまりに厄介です。どうせ彼女には理解できないでしょう。だからお父さまのアパートの処理はどんどん進めて、なにもかも売り払って、さっぱりして、といえばいい。墓のなかの男には、あなたにはわたしにおよぼす力はないの。死んでるんだから。死んでるってあなたにとって新しい経験かもしれないけど、じきに慣れますよ。死んで忘れられるのを知る運命は別に珍しいことじゃないんだし、といえばいいんだ。

6 娘のエヴァにもう一度電話をかける。「宅配会社に連絡を取りました。箱は集荷できるそうで、それは問題ありません。問題はパニ・ヤブロンスカ。電話しても出ないんです。ひょっとしたらなにか起きたのかも——わたしにはわかりません。宅配業者に箱を渡してくれる人はほかにいないのかしら?」

「アゲントゥーア*がいる、アパートを販売しようとしてる業者、あの人たちなら鍵をもってる。電話して事情を説明すればいい、ね?」

「説明って、なにを? エヴァ?」声が鋭くなるのを抑えきれない。

背後でざわざわと雑音が聞こえる。「いま行く!《イッヒ・コンメ》」とエヴァが叫ぶ。「もう行かなくちゃ。アゲントゥーアの電話番号を送るから、説明すればいい。じゃあ」

なにを説明するの?

7

アパートは彼女が思っていたのとはまるでちがう。まずワルシャワの中心部ではなく郊

*ドイツ語で「不動産業者」。

外にある。タクシーが彼女を下ろした通りから駐車場と遊園地を横切らねばならない。遊園地では三人の少年が自転車を乗りまわし、それを一匹の白い小犬がキャンキャン吠えながら追いかけてタイヤをかじろうとしている。それにアパートのあるブロックにはおよそ特徴らしきものがない。どれもおなじ単調な建て方で、バルセロナの労働者階級向け住宅のようよりによって彼はなぜここに住むことを選んだのか？

約束の時間にはまだ間があったので、そのブロックをひとまわりする。上階のバルコニーから黒い服を着た高齢の女性が、いぶかしげに彼女をにらんでいる。十月だ。樹木が——楓かな？——はらはらと葉を落としている。

入り口のところで不動産業者と会う。背の高い、体に合わない服を着た若者だ。握手する。彼の話す英語が初歩的だとわかる。

「出向いてくれてありがとう」と彼女。「アパートを買いたいわけではないんです、それはご存知ですね。なかにある物を取りにきただけですから。お時間はかけません」

彼は動かない。理解できたのかな？

「あなたはわたしのためにドアを開ける」と彼女はいって、鍵穴に入れた鍵をまわすジェスチャーをする。「わたしが箱を回収する。それから立ち去る。あなたは自由。それで終わり。OK？」

「OK」と彼はいう。

ドアで問題が起きる。業者が持参したリングの鍵が、ラベルに2＝30とある鍵が、鍵穴に合わない。ラベルとアパートの番号を彼は見せる。困った顔で肩をすくめる。その顔は、い、い、い、い、いい、どうしたらいい？　といっている。

彼女が鍵の束を手にして別の鍵を試す。ドアが開く。「ほらね？」

彼女が入り、業者が続く。

想像していたのは、マホガニーの家具、陰鬱さ、埃、ギイギイと鳴る書棚、部屋の隅には蜘蛛の巣、だった。目の前にあらわれたのは、隅に積まれたダンボール箱と、交互に重ねられた四脚のプラスチックの椅子だけで、居間はがらんとしていて、それに――カーテンが取り払われているため――陽光にあふれている。

こじんまりとしたキッチンをのぞきこみ、それからバスルームをのぞく。ナイロン製のシャワーカーテンが経年で黄ばんでいる。

「本当にこのアパートなんですか?」と彼女がきく。

業者はもう一度鍵を見せる。2=30、合わなかった鍵だ。

彼女はふと、なにもかもトリックなんじゃないかと思う。悪意に満ちたトリック。間違いはアパートだけではなく、アパートのあるブロックも間違いで、街の地区も間違いで、ひょっとしたら不動産業者もちがったんじゃないのか。トリックを仕掛けられる人物といえば、ベルリンにいる娘エヴァしかいない。エヴァが意地悪をして、無駄な用事に彼女を駆りだしたんだ。**このベアトリスって、いったいだれ? 父親の、やたら大勢いるガールフレンドのひとりか。**

だがそうではない。トリックではない。ふたつ目の部屋には生活用品が雑然とならんでいる。ベッドと（シングルだ）、整理ダンスがふたつ、男物の衣類のラック、造花のひまわりの花瓶が載ったアイロンテーブル、凝った金縁装飾の鏡、重厚なロールトップデスクには堂々たるタイプライターが置かれている。

三つ目の部屋もあり、別のキッチンと別のバスルームがついていて、それが通路になっている。この部屋にあるのはピアノだけだ。一方の壁にかかっているのは、額入りのウィグモアホール・リサイタルのポスター、日付は一九九一年、ぼんやり遠くを見つめる若きポーランド人が写っている。ピアノの蓋の上に立ててあるのは、若いころのヴィトルトがにこりともせずに、フロックコートの男性から賞らしきものを受け取っている白黒写真、ヨハン・セバスチャン・バッハの石膏の胸像、最近のヴィトルトの写真もある。両手を握りしめて立つヴィトルトの両側に、きらきらしたイブニングドレスの女たちがいならび、そのなかになんと、自分がいる！　二〇一五年とあるからコンサート・サークルの面々で、いないのはマルガリータだけ！　この写真は見たことがない。どこで手に入れたんだろう？

「ほら！」と彼女はいって指を差す。

不動産屋が彼女の肩越しにのぞきこむ。「あなただ」という。「そう、わたしよ」まぎれもなく！　年年歳歳、当人はつゆ知らぬまま、そのイメージがこの見知らぬ都市の、この陰鬱な街区に、微かな光を投じつづけてきたとは。

でも箱はどうしたの？　あてにならないパニ・ヤブロンスカが彼女のために詰めたという大事な箱は？　その箱のために大陸の半分を横断してきたというのに。

居間にあるダンボール箱には——二十箱はあるかも——殴り書きされたラベルが貼ってあるが、彼女には読めない。「手伝ってくれない？」と若い男に声をかける。「箱になにが入っているか教えてくれる？」

若い男が上着を脱いでさっそく仕事に取りかかる。「これは……これは……ええと……本だ。全部本。これと……これは——本じゃない」彼は積みあげられた箱のなかからふたつ引きだす。彼女がキッチンナイフでそれを開ける。男物の服だ、防腐剤の臭いがする。キッチンウェア、薬、あれやこれや、彼女宛のものはない。

「探してるのはこれかな?」と不動産屋がいう。手にしているのは灰色の小さな箱で、ラベルが貼ってある。彼女がそれを読む――ヴィトルト・ヴァルチキェーヴィチ、19. VII. 2019。箱を開ける。なかに陶器の骨壺が入っていて、骨壺の中身は灰だ。

「どこで見つけたの?」と彼女。

不動産屋がキッチンの棚を指差す。

「元に戻してきて、お願い」

彼女はエヴァに電話をかけて、メッセージを残す。「エヴァ、いまあなたのお父さんのアパートにいます。不動産屋の人といっしょです。パニ・ヤブロンスカの箱がありません。大至急お電話ください」

⁂

不動産屋がなんの気なしにピアノを指でパラパラと弾く。ピアノ用スツールに座ろうとすると違和感がある。彼がスツールの裏の収納スペースからボール紙のボックスファイルを取りだす。ファイルにはラベルが貼ってあり、彼女の名前とサラ・モンポウの電話番号が書いてある。

彼女がファイルを開く。綴じていない書類。バインダー。彼女の写真が一枚、水着姿で大きな麦わら帽子をかぶっている、ずいぶんむかしの写真、ソーイェルの家から盗んできたんだ。

「これだわ」と彼女。「探していたのはこれです。ありがとう、ありがとう。とても感謝します。あなたはもう自由、わたしは少しあとに残ります。出るときはドアに鍵をかけますね。それでいい？」

若い男の態度がはっきりしない。彼女を信用していないのかな？　彼女が手を差しだすと一瞬ためらってから、その手を取る。「もう一度、どうもありがとう。さよなら。ド・ヴィゼーニャ」と彼女はいって、男が立ち去るのを見送る。

8　書類を調べる。ふたりのあいだで交わされた数通のメールをプリントしたもの、それだけだ。バインダーを開く。内容は見たところ詩のようで、ポーランド語で一ページに一篇、タイプされて番号が1から84までふってある。*

次第に知名度が落ちていくピアニスト、ヴィトルト・Wが、彼女に残したものとはこれか――音楽ではなく原稿のようなもの。それを準備していたとき住んでいた場所がここなんだ。この陰鬱で小さなアパートが、彼が生まれた都市の、なんの変哲もないこの一角が。どういうこと？　でもこれが彼の想定した修道士の独居房だったのかもしれない、世界から隠遁する場所としての。

詩篇をめくり、群れなす子音字のなかに自分の名前を探す。すると何度か出てくる――ベアトリスではなくベアトリーチェとして。つまりこれは、無名ながらダンテの信奉者がまとめたベアトリーチェの書なのだ。

9　なにもかもすべてピアノ用スツールの裏に戻すこともできる、そうすれば運びだされて競売会社の倉庫行きだ。それとも居間にあるガラクタの箱に加えておくか、となればポーランドの片田舎の、どこぞの荒地にどさりと捨てられ、食品の包装紙、オレンジの皮、発泡スチロールに混じってそれで終わり。ドアを閉めて（カチッ！）、タクシーを呼び、空港へ着

＊ダンテ『新生』は全四十二章から成る。

いて、予定通りフランクフルト経由バルセロナ行きの午後遅い便に乗って、二度とあのポーランド人とベアトリーチェの本に想いをめぐらしたりしない、そうすることもできる。

そうはせずにその詩をバルセロナに持ち帰り、だれかに翻訳を頼み、上質のラグペーパーに限定十部の手刷り印刷で、W・Wによる『ベアトリスの書《エル・リブロ・デ・ベアトリス》』を制作してもらうこともできる。その一冊をベルリンにいる娘に送って彼女ベアトリス／ベアトリーチェがふしだらな女ではなかったことの証拠とし、残りはカップボードに仕舞っておく、そうすれば彼女の死後、息子たちがそれを発見して、母親が熟年期にあってさえ、どれほど強く、どれほど深く情熱を掻き立てる存在だったかを知ることになる。

どうする？　詩を持ち帰るか、ここにこのまま残して、放棄して、忘れてしまうか？　男は死んでいる。娘にはどうでもいいことだ。答えを出せるのは彼女しかいない。

ダンテを読まなければならない。彼女が受けた教育にはそこまで入っていなかった。ダンテの肖像画なら見たことがある、有名な絵だから、でも詩は読んだことがない。顔つきはポーランドの人に似ていなくもない。おなじような顰《しか》めっ面。

あなたはもっと笑顔を見せなきゃ、と彼にいったことがある。笑うとすてきなのに。笑顔を見せるようになれば、みんなあなたに対して温かい気持ちになれるのに。

11 ポーランドの人への温かい気持ちがこみあげてくる。こうして遺言を手にしているのだから。壮大で、希望のない情熱にこれ以上踏みこまないというのもあり――明らかに彼女の体質に合わない――でも、だからといって、自分以外の人が抱く壮大な情熱を賞賛しないわけではない。彼女のことを彼が忘れなかったのは嬉しい、忘れるどころか詩に書いて彼女を賛美したのだ。彼のベアトリーチェ。容易いことではなかったはず。スペイン語でも韻を踏むには高度な技術が要る。それをポーランド語でやったのだ！

12 娘と話してみるべきだ。電話では冷たくて思いやりがない感じだったけれど、たぶん、あれはドイツ語のゴーストが彼女の英語につきまとっていたからだろう。彼女の超多忙なベルリンのレストランにふらりと立ち寄ってみることだってできる。こんにちは、エヴァ、自己紹介させてね。わたしはベアトリス、あなたのお父さんの女友達《レディ》、バルセロナで会ったのね。あなたに時間があったら、キッチン仕事の手が空いたら、ちょっと腰を下ろしておしゃべりしない？　おそらくあなたはわたしのことを、有名人を引っ掛けて血を吸いあげる性悪女だと思っているでしょう。でもそうじゃないの。そういうのとはぜんぜんちがう。わたしがあなたのお父さんの気を惹こうとしたことはなかった。わたしに恋をしたのは彼のほうで。肘鉄《ひじてつ》を食らわすこともできたけれど、そうしなかった。できるだけ優しく対応した。わたしが彼にあたえた思い出は、おおかたハッピーなものだった。信じられないなら、これを見て、ここにお父さんがわたしのために書いた詩がある。

13　時計がチクタクと鳴っている。午後三時。今夜、自分のベッドで寝たいなら移動しなければ。そうせずにワルシャワで一晩すごして、翌朝の便で帰るか。このアパートでくつろぎ、近所を探索し、どこかで食事をして、ポーランドの伝統料理（どんな料理かな？　ブラッドソーセージ、茹でたジャガイモ、ザワークラウト？）を食べて、死んだ男のベッドで眠ることもできる。現実的な問題（電気がない、ベッドクロスがない）があるけれど、それはなんとかなりそう。もしもあの男が彼女のせいで苦しんだのなら――紛れもなく彼女に恋い焦がれたのだから――今度は彼女がちょっとだけ彼のために苦しむってのもありか？

14　彼女は夫の留守電にメッセージを残す。**ワルシャワにもう少し滞在して、明日戻ります。**

15　自転車に乗った少年たちの姿はすでになく、犬もいない。その界隈を少し歩いてみる。見るべきものはなにもない、どれもバルセロナにあるようなものばかり。見すぼらしい小さな店（看板はスーパーマーケット）で乾燥アプリコットを一袋、ビスケットを一箱、ボトル入りの水を一本買う。アパートに戻り、翳りゆく陽の光を使って、箱のなかからウールのセーターとコーデュロイのズボンを引っ張りだす。それが彼女のナイトウェアだ。水道はまだ止まっていないので、手などを洗うことはできる。

16　彼女は眠る、夢は見ない。夢は見ないのだ。それでも夜中にチラリと目が覚める。アパートにだれかいる気配がする。「ヴィトルト、もしあなたなら、こっちへきていっしょに横になって」と暗闇に向かって彼女はつぶやく。それに応じる動きはなく、音もしない。彼女はまた眠りに落ちる。

17　朝になってタクシーを呼び、九時には空港に到着している。出発まで長い待ち時間がある。それを利用してゆっくりと朝ごはんを食べ、マッサージを受け、マニキュアもしてもらう。午後六時には家に着いていて一息入れている、微笑みながら。

「メッセージ読んだよ」と夫がいう。「旅はどうだったの。嫉妬しなきゃいけないかな？」

「もう死んでるのよ」と彼女。「どうやって嫉妬するの？」

「第三者が婚姻関係を妨害する不法行為《アライアネーション・オブ・アフェクション》」と彼はいう。「彼がきみの婚姻関係を妨害したとか？」

「バカいわないで。彼に恋をしたわけじゃないんだから。彼がわたしに恋をしたの。一方的なのぼせあがり。それだけですよ」

「そしてきみは箱を持ち帰った。名高き箱かな？　中身はなんだったの？」

「誤解があったの。わたしが娘のいったことを誤解した。なにか個人的なものだと思っていたら、残っていたのは彼がショパンについて書いた本だけで、それもポーランド語の本だった。形見として。記念品ね」

「それじゃ時間の無駄だったのかな、旅のすべてが」

「すべて無駄というわけでもないわね。ポーランドを見なければ、多少なりとも、と思ってたし。ヴィトルトが住んでいた場所も見なければ、さよならをいわなければと思っていたから」

「彼はきみにとって大切な人だったんだね？」

「いいえ、大切じゃなくて。彼がってことじゃなくて。ときどき確かめたくなることがあるものなんですよ、女って。自分がまだ魅力的だって証拠が欲しくなる」

「その証拠、ぼくはあげてない？」

「あら、もらってますよ。でも少し足りないかな」

18 **大切じゃなくて、**なんて。彼女は嘘をついてる？ **彼に恋をしたわけじゃないんだから。本当だ。彼がわたしに恋をしたの。**本当だ。どこに嘘がある？

彼女には夫にいわない秘密があり、夫にも彼女にいわない秘密がある。良き結婚生活では、パートナーはたがいに相手が秘密をもつ権利を尊重するもの。彼女は良き結婚生活を送っている。マヨルカ島の出来事は彼女の秘密のひとつなのだ。

夫は世俗的な人間だ。「わたしたちは恋人ではなかった」がどの程度までカバーするかを心えている。ここまでは含まれるが、それ以上は含まれないと。「わたしの心は彼のものだ」は含まれない。彼女の心がポーランドの人のものになったことはない。

19　ショパンについて書かれた本が形見というのはフィクションではない。アパートにあった箱のひとつからそれを抜いて持ち帰り、夫に、ほら、彼からわたしへの最後の贈り物、といえるようにしたのだから。

第五章

1　彼女はパソコンでポーランド語からスペイン語への翻訳プログラムを呼びだし、八十四篇ある詩の最初の詩をタイプする。苦労しながらドット、斜線、装飾記号などをすべて含めて入力する。ボタンを押したあとに出てきたものは、ほとんど意味をなさない。詩には三人の男が登場する。ホメロス、ダンテ・アリギエリ、そして名もなき放浪者が動物を一匹連れて――おそらく犬だ――先人の足跡をたどるように、都市の雑踏にあらわれては人に金をせびる。この物乞いが美しいピンクのほくろのある女に出会う。女は男に安らぎをもたらす。それから舞台はワルシャワへ移り、男は自分が生まれて死んだ都市で、彼に手本を示した詩人――ホメロス？　ダンテ？――への讃歌を謳う。

物乞いがあのポーランドの人であることは明らかで、ほくろのある女とはおそらく彼女べアトリスのことだ。でもなんでほくろなの？　自分にはほくろなんてない。ほくろはなにかのシンボル？　ひょっとして着衣で見えなかった、隠れた欠点のシンボルとか？

コンピュータに完璧な翻訳をしろというつもりはない。詩全体のトーンがポジティヴかネガティヴか、祝福か非難か、その問いへの答えが欲しいだけだ。愛する人への讃歌なのか、それとも逆に、拒絶された恋人が吐く辛辣な捨て台詞なのか？　とてもシンプルな問いだ。しかしコンピュータはトーンについては聞く耳もたずで無感覚。

2　長男のトマースが妻と子供を連れてランチにやってくる。母親とはずっと親しくしてきた息子だ。食後に息子とふたりだけで話す機会がある。「ポーランド語のできる人、だれか知らない？　ちょっと翻訳しなければいけないものがあって」

「ポーランド語？　知らないな。翻訳しなければって、いったいなにを？」

「話せば長くなるのよ、トマース。ポーランド人の男性がずいぶん前にわたしに熱をあげてたの。最近亡くなって、その娘が、書き残された一組の詩を発見してね、どうやらわたしに宛てたものらしく、それが娘からまわってきた。大した詩じゃないのはわかってるんだけど、すごく苦労して書いた詩をだれも読もうとしないなんて、考えただけでも悲しすぎるでしょ。コンピュータで訳してみたんだけど、詩の言語は複雑すぎて無理ね」

「ちょっと聞いてみるよ。ビクトリアの大学に知人がいるから。あそこには言語教育の専門ユニットがある。スタッフにポーランド語の専門家がいるかもしれない。調べてみる。このポーランド人はあなたに恋してたわけ？　だれなの？」

「ピアニストだった、名の通った人で、ドイツグラモフォンからアルバムも出していた。サークルのために演奏しにきてくれたとき会ってね。その人ったら、なんていうかわたしに非現実的な幻想を抱いて。いっしょにブラジルに駆け落ちしたがったの」

「なにもかも投げだして、そういう感じで彼と逃避行しろって？」

「そうねえ、彼は恋に魂を奪われていた。わたしは取り合わなかったけど、いまこうして詩が残されている。いささか自責の念を感じるわけですよ。せめてそれを読まなきゃって思うのね。調べてみてくれないかな。でもお願い、あなたのお父さんには黙っててね。ややこしくなるだけだから」

3

次の日にトマースから電話がかかってくる。残念ながらビクトリアではポーランド語は教えてないって。そこの人がポーランド領事館に聞いたらどうかっていってたよ。

ポーランド領事館のウェブサイトで公認翻訳者の短いリストを見つける。リスト冒頭に出てくるクララ・ヴァイス・ウリッツァに電話する。トリエステ大学で文学士取得、ミラノ大学翻訳科修了とある。「翻訳をお願いしたいポーランド語のテクストがあるのですが。翻訳料はどのくらいでしょうか？」

「どのようなテクストかによります。法律文書ですか？」

「一連の詩なんですが、全部で八十四篇あって、一篇はたいがい短かくて」

「詩ですか？　わたしは文芸翻訳家ではありません。ふだんは貿易や法律の文書を訳しています。でもサンプルを送ってください、なにができるか調べてみますから」

「詩は直接お持ちするのがいいと思います。ネット上に出まわるのは避けたいので」

「日中は旅行代理店で仕事をしています」と彼女はいって、ランブラス通りにある旅行代理店の名前をいう。「サンプルをそこに預けておいてください」

「できれば直接お会いして手渡したいのですが。無理なら、そうおっしゃってください、ほかをあたってみますから」

4 日曜日にグラシア地区にあるセニョーラ・ヴァイスのいった住所までタクシーを走らせる。会ってみるとセニョーラ・ヴァイスは早口でイタリア語なまりのカスティーリャ語を話す、あふれんばかりの胸をした白髪の女性だとわかる。アパートは暖房が効きすぎ、なのに彼女はセーターを着ている。

コーヒーとひどくあまいペイストリーをすすめられる。「じつは詩の翻訳はやったことがないのですよ。その詩がモダンすぎないといいのですが」

彼女が、ベアトリスが、最初の十篇のコピーを手渡す。「著者はワルシャワ出身の知人で、すでに故人です。プロの物書きではありませんでした。詩の出来栄えについては見当がつきません」

「どんなことをお望みですか？」とセニョーラ・ヴァイス。「出版できるような翻訳でしょうか？」

「いいえ、そうではありません。わたしたちに――つまり、彼の娘とわたしですが――出版の計画はありません。まず最初に、その詩になにが書かれているか、なんについてなのか、手がかりを得たいのです」

セニョーラ・ヴァイスが詩篇をパラパラとめくりながら首を振る。「こういった詩篇は――語句を翻訳することはできますが、つまりあなたのためにポーランド語の語句をスペイン語の語句にすることはできますが、『これが詩の内容で、これはこういう意味だ』とはいえません。わたしがなにをいってるかおわかりですか？　ふだんは法律文書を訳しているんです、契約書です。契約書を訳すときは、正確に翻訳すると誓う覚悟をしなければいけません。それが公認翻訳家に要求されることです。でも、契約書を解釈すること、それがどんな意味かを述べるのは、わたしの仕事ではなくて法律家の仕事です。いうことが明確に伝わっていますか？　つまり、あなたの詩を翻訳はしますが、意味はご自分で決めてくださいということです」

「わかりました。料金はおいくらですか?」

「一時間につき七十五ユーロ、それが標準レートで、みなおなじ料金でやります。何時間かかるか? 一ページに一篇で、八十の詩篇ということですが。十時間かかるかもしれないし、二十時間かもしれないし、あるいはもっとかかるかもしれませんが、明言はできません。わたしには詩は未知の領域ですから」

「一ページより長い詩もあります、ページだけでいうと百ページを超えそうです。最初の詩をいま試訳していただけませんか? ざっくりした訳で構いません。トーンがどんなものかをつかむために。かかった時間でお支払いいたします」

「最初の詩。それはこんな感じです——見知らぬ者は、この男が多年にわたり旅をしながら多くの都市でハープを奏し、動物たちに語りかけてきたことを知らねばならない。見知らぬ者は、この男が——男の名前は出てきません——ホメロスとダンテの足跡をたどり、暗い森にたたずみ、葡萄酒色の海を渡ったことを知らねばならない。それから詩はこう語ります——男はある女の股間に完璧な薔薇を見いだし、かくして最後の安らぎを得た。男はみずからの歌を謳う、生まれて死んだ都市ワルシャワで、彼に進むべき道を示してくれた女を讃えて、その歌を詠う」

女の股間か。ほくろのことではない。犬のことではない。「それで終わりですか?」

「それで終わりです」

「ふたつ目の詩も訳してもらえますか?」

「エピグラフがあります——*Per entro i mie' disiri, che ti manavano ad amar lo bene.* あなたがわたしに感じた愛は、善なるものに向かう愛へとあなたを導いた。これ、ダンテ*ですね、古いイタリア語です。詩はこう語ります——彼がダンディだったころ、若き洒落者だったころ——わかりますか?——彼はある特定の女性をじっと見つめていたかったのに、その女を手中に収めること、自分のものにすることができなかった。女は喉元をあらわにして、スカートをひるがえす、そんな感じです。そしてすべての欲望が、雄の欲望が、男の秘部から立ちのぼり、彼の血と「——」を伝って、この語がスペイン語で正確になんというか調べなければなりませんが、医学用語です、「——」を伝って彼の目に入りこむ。男は目を見開いて凝視することで女をわがものにする。それから男は社交の場へ出かけていって、きれいな女の子を選び、その子を *un biombo*（屏風）あるいは *una pantalla*（幕）として使い――はっきりしませんがカーテンとかスクリーンのことでしょうか――男は自分の目で、遠くの女を貪る、女の名前はベアトリーチェ、*la modesta*（慎み深い女）だ（と彼はイタリア語を使っていますが、スペイン語かもしれません、おなじですから）。慎み深さは、彼女の最高の美徳であり、気高さであり善良さだ、と彼はいいます。それからこう述べます――わたしは幸運を手にできなかった、やってくるのが遅すぎて、あまりに遠くで生きていて、わたしにはこの眼裏《まなうら》に浮かぶ彼女の絵姿しかなく、それは記憶のなかをひらひらと舞う鳥のよう。この詩は難しい、最初の詩よりずっと難しいので、もう少し手を入れなければ」

「ありがとう。おっしゃる通り、難しい詩ですね。わたしにも理解できません。お支払いをして、失礼させていただき、少し考えさせてください――全篇通して訳してもらいたいかどうか、よく考えてみます」

彼女は紙幣を数えて料金を払う。

＊ダンテ・アリギエリ『神曲』煉獄篇第三十一歌。

「彼はベアトリーチェと呼んでいますが、あなたのことではありません。あれは詩人ダンテの恋人です」とセニョーラ・ヴァイス。

「おっしゃる通りです」と彼女。「詩に出てくるベアトリーチェは遠い過去の人ですが、わたしはまだ生きています。では失礼します。決めたらお知らせします」

セニョーラ・ヴァイスと彼女のあいだで、なにやら共犯めいた笑みが交わされる。

5

あなたがわたしに感じた愛は、善なるものに向かう愛へとあなたを導いた。彼はこう書くべきだった——わたしがあなたに感じた愛は、善なるものに向かう愛へとわたしを導いた。それならもっとはっきりしたはず——彼の愛する人と離ればなれになって、いや、引き離されて、その別離による痛みを、より善き人間に自己変革するプロジェクトに投入したことになるのだから。

ダンテとベアトリーチェとはまた、不適切な神話を使ったものだ。手本を間違えてる。彼女はベアトリーチェでも、聖人でもない。

なにが適切な神話だったか？　『オルフェウスとエウリディケ』かな？　それとも『美女と野獣』？

6　彼女は最初の詩に戻る。コンピュータはお手上げだったけれど、セニョーラ・ヴァイスははっきりと意味を理解した詩だ。*Homera i Dantego Alighieri* は明らかに「ホメロスとダンテ」のことだし、*idealną różę* とは *una rosa ideal* で「理想の薔薇」にちがいない。であれば、*wcześniej między nogami jego pani osiągając idealną różę* とは「バラを見つけることをめぐるなにやら、性愛によって超越へいたることをめぐるなにやら」ということか、でもそれを「彼女の股間に」見つけるだなんて——なんて卑猥な！　セニョーラ・ヴァイスがそこをことばにするとき二の足を踏んだのも無理はない。**自分はいったいなんに深入りしようとしているのか？**　と内心思ったにちがいない。**このあとさらに悪いことが起きるのか？**

最初はパニ・ヤブロンスカ、次がベルリンの娘エヴァ、そしていまはセニョーラ・ヴァイス。輪はどんどん広がる。パニ・ヤブロンスカは、スペインにいる謎の女のための原稿をわきに取り分けたとき間違いなくチラ読みしたはずだから、いきなり最初のページからどぎつい内密さに度肝を抜かれたことだろう。それにエヴァだ、否定していたけれど、彼女だって見たにちがいない。電話であんなにせせら笑う感じだったのも無理はない！　なんて屈辱！

いまいましいったらない！

7

彼女は、ベアトリスは、教養のある家族の出身だ。祖父は、父親の父親は、サラマンカ大学の学生だったとき公共の場で書物が燃やされるのを目撃して、それを忘れなかった。**真に野蛮な行為、**とそれを呼んでいた。やがて法学教授となって、相当数の蔵書を集め、彼の死後それが長男へ、彼女の伯父フェデリコへ継承された。**書物を燃やすことは人間を燃やすことの前兆だ、**と彼女の祖父はいった。それが一家の言い伝えのひとつになった。祖父がこの世を去ったのは彼女が五歳のときだ。覚えているのは、祖父がちくちくする髭をして象牙の握りのついた杖を持った、恰幅《かっぷく》のいい老人だったことだけだ。

手紙を燃やすことは書物を燃やすこととおなじではない。人は古い手紙を毎日のように燃やしている。燃やす理由はそこに永続的な興味を引くことが書かれていないから、あるいは子供のころの大の仲良しの手紙のように、困惑の種になってしまったからだ。日記についてもほぼおなじことがいえる。でもポーランドの人が書いた八十四篇の詩は、ある一定の尋常ならざる意味をのぞけば手紙ではないし、これまたある一定の意味をのぞけば日記にあたるわけでもない。それは原稿に等しく、ということは書物の萌芽にあたる。詩篇を燃やすのは、古い手紙を燃やすことより、書物を燃やすことに近いだろう。だから問題は、詩篇を燃やすことが野蛮な行為にあたるのか、人間を燃やす先触れにあたるのかということになる。

答えは、明明白白とはいかない。スペインではあのポーランド人は無名に近いから、彼の情事の記録などだれの関心も引かないだろう。ところがポーランドで、となると彼は無名ではない。ポーランドでは、ポーランドの国民的作曲家の著名な演奏者が女の股間で過ごした時間について語ることはある程度の関心を引き、ひょっとしたらそこにある程度の誇りさえ感じるかもしれない。彼の詩篇を燃やすことは、ポーランド人にとって野蛮な行為にあたるかもしれない。文明人としてなすべきことは、詩篇をポーランドへ戻して、ショパン記念館とか国立愛国図書館の原稿コレクションに加えることだろう。差出人の名前を伏せたまま詩篇を戻す、彼女の痕跡をすべて消して、だれも彼女を訪ねあてて「あなたがベアトリーチェのモデルですか？　あなたがバルセロナの女？　ヴィトルト・ヴァルチキェーヴィチがその股間で崇高な啓示を受けた女？」などと金輪際いったりしないようにすることだ。

8　何日もかけて彼女はその問題を熟考する。詩篇は燃やしてしまうべきか、それとも逆に、セニョーラ・ヴァイスに翻訳を依頼すべきか（費用はばかにならない）、もしも後者を選ぶとしたら、セニョーラ・ヴァイスの翻訳を読んで、その結果、自分が被るであろう苦痛と屈辱を受け入れる覚悟ができているのか？

彼女はその問題を熟考し、それから、熟考を重ねた結果、ほかのことへ注意を向ける。八十四の詩篇をはさんだバインダーは机の引き出しの奥深くに仕舞いこまれる。

ところが、引き出しの奥深くにあっても、詩篇は忘れ去られることを拒んでいる。そこでゆるゆると炎をあげつづけている。

ポーランドの人は詩を書いて、マヨルカでいっしょに過ごしたあとも末長く彼女を愛しつづけると知らせてきた。でもおなじことを伝えるにはシンプルなメール一通で十分だったはずだ──「親愛なるベアトリス、死の床から書いています。あなたをずっと愛していきます。あなたの忠実なる従僕《しもべ》、ヴィトルト」とか。そうであれば、なぜ詩なの? それもこんなに何篇も?

考えられる答えはひとつ。彼女を愛していくと述べるだけでなく、それを証明したいと思ったのだ──彼女のために延々と、本来的に無意味な作業をすることで、それを証明したかったのだ。それにしても、なぜ詩なのか? 延々と無意味な労働が判断基準となるなら、なぜ米粒ひとつに「山頂の垂訓」を刻んでベルベットの小箱に入れて彼女に送りつけなかったのか？

答えは——彼は自分の詩を通して、墓の向こうから彼女に語りかけたいと切望しているのだ。彼女に語りかけて、彼女に求愛したいのだ。彼女が彼のことを愛し、心のなかで彼をずっと生かしておくように。

愛には良き愛と悪しき愛がある。机の引き出しの奥で、昼も夜も女の股間で燃えつづける愛とは、いったいどんな愛か？

若いころの彼女は衝動のままに行動したもの。衝動のままに行動したのはそれを信じていたからだ。いまはもっと慎重だ。慎重に行動するとは——間違いなく——自分が炎と距離を置き、炎が燃え尽きるのを待って、それからひょっとしてまだ興味が引かれたら、燃え尽きた灰のなかを突《つつ》くことだ。
9　マヨルカで彼女とベッドをともにしながら、彼は、あそこを彼女の薔薇と呼んだ。そんなのちがう、ことばの誤用だ、とそのとき感じたけれど、いま詩のなかでも嘘っぽく感じる。薔薇なんかじゃないし、花でもない。でも、それじゃなに？

　思い出すのは成長する息子たちと、彼らの、女の子へのとめどない好奇心だ。もしも女の子にあそこがないなら、女の子にはなにがあるの？　なんにもないなんて変だよ、でもなんにもないわけじゃないんなら、いったいなにがあるのさ？　好奇心、恐怖も。ふたりして浴室で水をかけあい、大声で笑いながら、騒ぎまくる、興奮のきわみ。あそこってなにさ、ママ？　あそこってのがあれの名前？　あそこから彼らは血と粘液にまみれて、この世の喧騒と、ぎらつく光のなかに出てきた。たくさんだ！　もうたくさんだ！——帰りたい、と泣き叫んだのも無理はない。馴染んだ居心地のいい古巣へ帰って、身をまるめて、親指をしゃぶりながら静かに眠り惚けていたい、と騒ぎ立てたのも無理はない。そして今度はポーランドの人か、大男——巨大！——でもやっぱり赤ん坊みたい、彼女の体とベッドから出てきたときも、やっぱり赤ん坊みたいに狼狽《うろた》えて、怯《おび》えて。あそこ、薔薇じゃない薔薇。

10 鼻にかけて自慢する。そうやって男たちは狼狽から自分を守る。彼女の息子たちにしても、いまじゃ立派に成人男子で、世の男の仲間なんだろう。俺は彼女をものにした、あのバルセロナの小洒落た女を。この腕のなかでもみくしゃにして、彼女の薔薇を突きくずしてやった。男と女のあいだの戦争、原始的で、終わりのない戦い。俺は彼女をものにした、彼女は俺のものだった、そのすべてを読むがいい。

彼女は彼を傷つけた。彼のプライドを傷だらけにした。侮辱を受けたあと、彼は自己防衛に専心し、傷のまわりに一層また一層と真珠層を形成していった。彼女はベッドに彼を招いておいて、それから放りだした。彼女への彼の復讐――彼女を冷凍し、彼女に美的価値を付与し、芸術のオブジェに、ベアトリーチェに、石膏の聖人に変えて、崇拝されて担がれて通りを練り歩く、慈悲の聖母にしてしまうこと。

11 とはいえ、もしも彼女に復讐するために詩を書いたのだとしたら、どうして詩篇10にオクタビオ・パスのエピグラフが使われてるの？ 彼はそれを英語で引用している。愛のパラドックス――**われわれはいずれ死ぬ肉体と不死の魂を同時に愛する。**肉体に魅了されなければ、**愛する人はその魂を愛せないだろう。**愛する人にとって欲望の対象となる肉体は魂なのだ。* ヴィトルトの物語もそうだったのか――彼女の肉体を愛することで彼は彼女の魂を愛することになったのか？ なるほどそうか。でもそれは、なぜ彼女の肉体であり、なぜ彼女の魂なのか、という問いの答えにはなっていない。

＊『二重の炎――愛とエロティシズム』

ベアトリーチェへ話を戻そう、実在したベアトリーチェへ。なみいる女たちのなかから彼女をダンテに選ばせたものはなにか？　あるいはマリアへ遡ってもいい。夜半、気高さ《グレイス》あふれるマリアを訪れようと神に決心させたものはなんだったのか？　昼はどんな湾曲を描き、眉はどんな弧を描き、尻の曲線はどうだったか？　彼女は、ベアトリスは、二〇一五年のあの命運を決した夜に客員ソリストを晩餐に連れていくのが仕事だった女は、どの瞬間に彼の運命の人になったのか？　彼女のどんなところが彼女を選ばせることになったのか？　あの夜、彼女のどこに神聖さがあったのか？　そしていまの彼女のどこが神聖なのか？

12　だしぬけにポーランドから電話がかかってくる。**フランス語をお話になりますか《ヴ・パルレ・フランセ》、マダム？**　パニ・ヤブロンスカの声は、彼女が想像していたよりずっと若く、ずっと溌剌《はつらつ》としている。もっと早くお返事をしなかったことをお詫びします、でも家族に大変なことがありまして、急いでウッチへ行かなければいけなくなって、いまもまだそのウッチにいるのですが。アパートの鍵を開けられなくて申し訳ありません、訪ねてらしたのにお会いできなくて残念ですが、ヴィトルトが残したものをすべて持ち帰られましたか？　ヴィトルトのことは、本当に心が痛みます。それにエヴァは、いつもいつも忙しくて、なにもかも遠くから処理しなければならなくて——不便きわまりないですよね、かわいそうに！

彼女は、ベアトリスは、馴染みのない言語で激流さながら押し寄せることばを聞く気になれない（お願いだから、もう少しゆっくり！《アン・プ・プリュ・ラントマン、シル・ヴ・プレ！》）、でも彼女が知りたいことがいくつもあって、それはポーランドの人の隣人だけが彼女に教えられる事柄だ。たとえば、ポーランドで彼女がひとり夜を過ごしたアパートがどうなったか、（もし彼女の経験を考慮するなら）住居にかつての主人の幽霊がいまも出るのか？　たとえば、詩篇のことは別として、パニ・ヤブロンスカはベアトリスへの、バルセロナ出身のレディへの、追加メッセージを所有しているのか？　たとえば（もしも彼女のほうから質問できるなら）、惜しまれる故人ヴィトルトは自分の書いた詩篇をパニ・ヤブロンスカに見せたのか？　とりわけ最初の詩を、薔薇《ローズ》という語を隠喩として使った詩を？

知っておいていただきたいのはヴィトルトがあの街区にアパートを一軒ではなく二軒——隣接した二軒——を所有していたことで——とパニ・ヤブロンスカが続ける——行き来するドアをつけて——一九九〇年代に遡りますが、なんでも安かったころで——でも残念ながらそれが書類上きちんと明記されていなかったために、建築業者はあの時代なんでもアラブ風《ア・ラ・ラブ》にやっていたんですね、現在アパートは事実上ふたつの住所をもった二軒のアパートなので、そんなアパートは書類上の処理がきちんと終わらなければ売りに出せないんですよ、それでエヴァは、気の毒なエヴァは、それをドイツからやらなければいけなくて。エヴァは人を頼んでトラックにアパート内の物を、家具とか、書物とか、なにもかも、ヴィトルトのピアノまで積んで運ばせたので、それでいまは空っぽになってますが、売りに出せないんです、なんという悲劇でしょう。

アラブ風《ア・ラ・ラブ》にとは、どんな意味だろう？　聞き違いかしら？

「お話の途中ですが、ヴィトルトがわたしのことをなにか話していた、なんてことはありませんでした？」と彼女。

長い、長い沈黙。初めて彼女の頭に、急遽ウッチへ行った話は作り話ではないかという思いが浮かぶ。パニ・ヤブロンスカは彼女が思い描いてきたような、黒い服を着た、しわだらけのポーランド人寡婦などではないかもしれない、「ヴィトルトの隣人」という言い方そのものがデリケートな婉曲表現であって、行き来するドアのついた二軒のアパートと無関係ではないのかもしれない。

「もしも彼がなにもいってなかったのなら、お気になさらずに」沈黙を破って彼女はいう。「ご連絡ありがとうございました。ご親切に」

「待って」とパニ・ヤブロンスカ。「お知りになりたいことはほかにないのですか？」

「ヴィトルトについてですか？　いいえ、マダム、ないと思います。自分が知らなければいけないことはすべて承知しています」

13　ほかにないのですか？　あの女は脅すような調子でなにをいおうとしていたのか？　哀れなヴィトルトがどのように苦しんだか？　どのように死に直面したか？　いや、できればそれは然るべき曖昧さのなかに残しておくほうがいいと彼女は思う。

門をわずかでも開けたら、そこからなにが噴きだしてくるかわかったものではない。

14　セニョーラ・ヴァイスに電話をかける。「決心しました、詩篇をすべて、最初から最後まで訳してください。全篇を旅行会社へ宅配便で送ります、あなた宛に「私物」と書いて。ほかのどんな人にも見られたくありません。あなたを信頼していいでしょうか？」

「信頼してくださって大丈夫です。詩はわたしの得意ジャンルではありませんが、できるだけのことはいたします。頭金を支払っていただけますよね」

「ファイルに小切手を挟んでおきます。五百ユーロでいかがでしょう？」

「結構です、では五百ユーロで」

15　一週間後にセニョーラ・ヴァイスからメッセージがくる。翻訳は終わりました。料金は千五百ユーロです。

今夜いただきにまいります、と彼女は返事をする。

ドアを開けたのは若者だ。「ハーイ。詩を取りにきたレディですね？　お入りください。ぼくはナターン。母はまだ帰ってきていませんが、じきに戻るはずです。どうぞお座りください。詩をご覧になりたいですか？」といって彼は分厚い包みを手渡す――渡しておいたコピーと、きちんとプリントアウトされたスペイン語への翻訳だ。最初の詩篇をチラリと見る。「股間のレディ」がまだそこにある。

「ときどき母を手伝いました」とナターン。「詩は母の得意分野じゃないので」

「あなたもポーランド語ができるの？」

「それほどじゃないですけど。でもポーランド語の詩はたくさん読んできたので。ポーランドじゃ詩は病気です、だれもが罹る病気です。あなたの詩人は――名前はなんでしたっけ？」

「ヴァルチキェーヴィチです、ヴィトルト・ヴァルチキェーヴィチ。つい最近亡くなりましたが。あなた、ポーランドに行ったことはある？」

「ポーランドなんてクソだ。だれが行きたいと思うかって？　むかしは悪かった。いまはもっと悪い」

彼らは、クララとその息子は、ユダヤ人なのかと彼女は気づく。そうであればポーランドを嫌う理由としては十分だ。

「ヴァルチキェーヴィチ」と彼がネイティヴのように発音する、彼女より、その名の持ち主が股間に身を横たえた女より、はるかに上手い。「彼はそれほど優れた詩人ではなかったですよね？」

「詩は彼の芸術を表現する手段ではなかったから。彼は音楽家、ピアニストでした。ショパン弾きとしては有名だったのよ」

「詩はまああといったところですが、なかに二、三、これはというものがあって。あれはあなたのことですか？」

彼女は黙っている。

「彼はあなたに恋していた、絶対そうだ。もしもあなたがポーランド語を読めないと知っていたら、なんであなたのために自分で翻訳しなかったんだろう？」

「ポーランド語は彼の母語だった。人は母語でのみ詩を書けるものだから。わたしはそう教わったわね。たぶん彼には自分の詩をわたしが読めないことはどうでもよかったのかもしれない。たぶん大事なのは自分を表現することだった」

「そうかも。ぼくがいちばん好きなのは、ほかのみんなのようにドライでアイロニックじゃないところです。ツィプリアン・ノルヴィット*を知ってますか？　知らない？　彼の詩を読むといいですよ。ヴァルチキェーヴィチはツィプリアン・ノルヴィットみたいだから、格がちがうだけで。いちばんいい詩は――読めばわかるでしょうが――彼が海底に潜っていったら大理石の彫像が自分の目の前にあると知って、それがアフロディーテだと、そう、女神だとわかる詩ですね。彼女には大きな描かれた目があって、彼を見るのではなくて、彼の背後を見通している。薄気味悪い。地中海は古い時代の難破船の積荷でいっぱいだとどこかで読んだことがあるけど、コイン、彫像、陶器類、酒壺なんかでね。そのうちギリシアの海岸にダイビングをしにいってみたいなあ――ぼくにだって幸運がやってくるかもしれない」

「ヴィトルトには幸運はやってこなかったの」

少年は怪訝そうに彼女を見る。

＊一八二一－一八三年、ポーランドの詩人でショパンのパリ時代の友人。

「彼は幸運な人じゃなかったという意味ですよ。もしも彼がダイビングに出かけても、女神は見つからなかったでしょうね。なんの収穫もなくあがってきたでしょう。いや、溺れてしまったかも。そんな感じでしたね、彼は。あなたはなにを勉強してるの？」

「経済。ぼくにはぜんぜん向いてない、母にいわせるとそう。でも今日日やらなくちゃならない。出世するには」

「わたしには息子がふたりいて、あなたより少し年上かな。彼らは経済は学ばなかったけれど、とても上手くやってるわ。自分の人生で成功してる」

「なにを学んだんですか？」

「ひとりは生化学、もうひとりは工学を学んだ」

息子たちについてはまだまだいうことがあるのだけれど、やめておく。彼女は息子たちを誇りに思っているし、彼らが早くから自分の人生には自分で責任をもつものとして生きていることを誇りに思っている。その人生が確実に、賢く管理されなければいけない事業みたいな感じだけど。息子たちはそろって、父親を手本にしている。彼女を手本にする者はいない。

「詩篇はどうするつもりなんですか？」と少年がきく。「出版するんですか？」

「それは考えていません。あなたのいうように、出来がそれほどよくないのなら――きっとあなたが正しいと思いますが――買う人がいるとは思えないでしょ？　いえ、出版はしないつもり、でも死ぬ前にヴィトルトに約束したの、それを引き受けるって、面倒は見るって。上手いことばが見つからないけど」

クララ・ヴァイスが両腕に荷物をたくさん抱えて帰ってくる。「ごめんなさい、遅くなって。ナターンが詩をお見せしました？　気に入っていただけるといいのですが。やってみると、心配していたほど難しくありませんでした。興味深い方ですね、ヴァルチキェーヴィチさんは。インターネットで調べました。おっしゃる通り彼はピアニストでした、でも、あなたにいわなかったのかしら、若いころ、一九六〇年代に戻りますが、詩集を出版していたことを？　いわゆる『プブリカーツィア・ウロトナ』、泡沫出版物、不定期出版物ですが。彼は当時のオーソリティには人気がなかったんですね」

「彼の若いころのことはあまり知らないんです。自分から積極的に話をする人ではなかったので」

「あら、すべてポーランド語のウィキペディアにありますよ、ポーランド語を読めるならですが」

「小切手を書きます。千五百ユーロということでしたが、前金も含めてですよね？」

「その通りです。千ユーロ。手書きのノートも翻訳しましたが、でも別のページにあります。見ればわかります」

「あら。手書きの部分は詩の一部だと思っていました——修正とか、加筆とか、そういったものだと」

「いいえ、そうではないでしょう。でも判断はどうぞご自分で」

彼女はそこを立ち去る。彼らが、彼女とヴァイス親子が再会することはないだろう。ホッとする。彼らは自分のことを知りすぎている。でもそれがどうだっていうの、彼らがなにを知っているというの？　彼女が男と浮気をしてた？　そんなの毎日起きてることよ。男が捨てられて傷心の思いで彼女のことを詩に書いた？　それだって起きてる、毎日じゃないけど。ちがう、恥ずかしいのはクララ・ヴァイスという、彼女にとって何者でもなくヴィトルトにとっても何者でもない人が、ヴィトルトの魂の内部で起きていたことにアクセスしたことだ。それも、彼女のことを書いている詩に、その詩に間違いなく含まれる、どんな翻訳でも伝えきれないポーランド語内のトーン、響き、ニュアンス、機微について彼女自身よりずっと曇りなきアクセスをしたことだ。ほんのわずかな労力で、クララ・ヴァイスがポーランドの人の詩の最初で最良の読者になり、その息子が第二の地位を占めるというのに、彼女ときたらよろよろと後ろを歩く、哀れな第三の読者にすぎないのだ。

16　クララの手仕事を最初から最後まで一気に読む。すべての詩が理解しやすいわけではないが、散文に書き換えられているので驚くほど明晰だ。でも読み終えるころには、彼女が最優先する問いへの答えが見つかる。詩は復讐の行為ではない、まったくちがう。それはもっとも広い意味で、愛の記録だ。

最終連の詩を再読すると、そこに「彼方の世界」と「次なる生」という語句がくり返し出てくる。それはポーランドの人が死に直面して、これがすべての終わりではないと自分を納得させようとする日々に書いた詩にちがいない。

彼女は、彼が考えたらしい「デウス・エクス・マキナ」が、いま彼がいる喪失と悲哀の世界から彼を引き抜いて、次なる世界に据えつけるところを想像しようとする。目に浮かぶかぎり、移送は一瞬のうちに、文字通り魔法のように成就する。次なる世界に彼はすっかり成人した姿で、大人になってからの思い出や憧れをたっぷり抱えて到着し、彼のベアトリーチェである彼女も到着する日のために準備を始め、正式の婚姻によって彼と住む家を整える。彼女はゾッとする。彼は彼女との再会が待ちきれないが、彼女は彼に会いたいと思っているだろうか？　じつは娘の電話で彼の死を知るころには、彼のことをすっかり忘れていたというか、少なくとも復元不能のゴミ箱入りにしていたのだ。

喪に服すのは自然なプロセスだ。地球上のすべての人々には服喪の儀式がある。象にだってある。彼女ベアトリスは早くに母を失った。その喪失によって彼女の人生にぽっかりと大きな穴があいた。彼女は嘆き、悲しみ、母親を恋しく思った。そしてある時点で悲しみは終わりを告げ、彼女はまた前へ進んでいった。でもポーランドの人は前へ進もうとしなかったらしい。彼女を失い、その喪失を嘆き悲しみ、その嘆きは延々と続いて、死んだ子供を手放そうとしない母親のように、その喪失を慰撫したのだ。

次なる世界で彼女とふたたび結ばれることを願う、と彼は「述べる」が、それにどんな意味がこめられているのか？　ワルシャワの陰鬱なアパートにひとり腰を下ろして、もう彼女に会うことはないと知る瞬間がきっとあったはずだ。現実世界の喪失を耐えられるものにするために、彼は衰えゆく力をふりしぼって新たなベアトリスを想起し、創造し、この世に呼び入れようとしたにちがいない、彼女自身を神々しく美化しながらも実体あるバージョンとして。彼女のほうは、彼を袖にしたことからも遠ざかり――もっと悪いことに――彼のことなど忘れながら、秘かな神秘的手段で、彼女のための天空の家を準備するよう彼をそそのかしていたのだ。

彼女は死後世界を、もっとも隠喩的な意味でしか信じていない。彼女が死んだら子供たちは彼女を思いだして、情愛をこめたりそれほどこめなかったりしながら、その思い出を語るだろう。精神分析医といっしょに彼女のことを分析してバラバラにするかもしれない（彼女は良い母親でしたか？　悪い母親でしたか？）。あの子たちがそれをやりつづけるあいだ彼女はちらちら明滅するような人生を楽しむのだろう。でも彼らの世代が過ぎ去れば、埃っぽいアーカイブに投げ入れられて、そこで陽の光から永遠に遮断されるのだ。というのが彼女が信じていることの中身であり、彼女の大人としての、分別ある信念だ。そして彼女はポーランドの人を信頼し、彼もそれを受け入れていると思っていた、彼が自分の音楽と詩の世界に没頭していないときは、彼女とおなじ信念をもっていると信じていた――別の世界には別の人生があって、そこで彼らふたりがまたあいまみえて、前世では叶えられなかった幸せを楽しむなんて本気で信じているとは思わなかった。

とすればなぜ書くのか――それも彼女を巻き添えにして――人生の最期の日々に、彼女にまた会える楽しみをこれほど固く信じる詩を？　死後世界のどんな論理にも執拗につきまとう問いを頑なに避ける詩を？　つきまとう問いとは、最愛の人が多くの配偶者や恋人に付き添われてやってくるなんてことはないんじゃないか、みんなあの世で彼女のそばやベッドですごすのを楽しみにしているなんてありえないんじゃないか、という問いだ。あの世には嫉妬はないのか？　倦怠はないのか？　飢えはないの？　腸の運動は？　服はどう？　みんなくるぶし丈の不恰好なスモックを着なければいけないのかな？　それに下着は――ちょっとしたレース飾りは許されるのか、それとも、なにもかも質素じゃなければいけないのかな、めっちゃピューリタンふうに？

天国――それはお仕着せのスモック姿でうろうろと、不安そうに、自分の残り半分を探しまわる魂でいっぱいの、だだっ広い待合室だ。

17 あながち彼が身体的外見の問題を避けているとは言い切れない。死後世界を描いた詩には、彼と彼女が裸で出会う場面が描かれて、それから現在の世界で——これは絶対マヨルカのことをいっているな——恥ずかしいことに自分は愛のテーブルに、雄の醜悪な老体しかならべられなかったと告白するのだ。

18 なぜ彼女は彼に対してこんなに手厳しいのか？ なぜ彼女は彼の詩的遺産の上をホバリングするのか、手にメスを持って？ 答えは、彼女の期待が大きかったからだ。自分では認めたくないが、それでも、自分を愛していた男には、あの愛や、エネルギーや、あのエロスを使ってひねりだしたものよりもっと上手く、彼女を生き返らせて欲しかったのだ。彼女にしてみれば虚栄？ あるいはそうかも。でもポーランドの人は自分を古色蒼然たる意味での芸術家だと、マエストロだと思っていたんだから、古色蒼然たる意味の芸術家（ダンテ！）とは、信じるに足る新生を彼女にあたえるもので、それが彼女自身の安易な嘲りへの反証になっていたのだ。**愛する人にとって、欲望の対象となる肉体は魂なのだ。**ポーランドの人は彼女の肉体を愛した。ポーランドの人は彼女の魂を愛した（と彼はいう）。でも、いったい詩篇のどこで肉体が魂に華麗に変貌してるの？

詩篇は迫力がないというのがセニョーラ・ヴァイスの息子の考えだが、たいがいの詩はそうだと彼女も思う。ポーランドの人にもその弱さがわかっていたのか？　わかっていて、それでもせっせと書き殴りつづけ、這い寄ってくる死を見ずにすむようにしていたのか？

机の上にどさりと広げられた彼の悲愴なプロジェクトを前に、足場をしっかり築けなかった愛を生き返えらせて完成させるプロジェクトを前に、彼女は憤激と憐憫の想いに打ちのめされる。全体の構図がどんどんクリアになってくる。老いた男がむさ苦しいアパートでタイプライターに向かい、自分の愛の夢に力づくで生命を吹きこもうとしている、自分ではマスターしなかった芸《アート》を使って。

彼をそそのかしたりするんじゃなかった、と彼女は思う。すべてを蕾のうちに摘み取ってしまえばよかった。でもそれがどこへ行くかわからなかった。こんなふうに終わるとは思わなかったのだ。

彼女は翻訳をフォルダーに戻す。彼女以外にこんなものを読みたいと思う人がいるかな？　なんの足しにもならないのに、煉瓦を一個また一個と積みあげるような、なんて忍耐強い労働だろう。出来の悪い詩の記念館なんてないのよ、ことばを疾駆させる術を知らない、彼のような男たちの手からこぼれた、死んだような冗長なことばたちともども収蔵できる場所はないの。**哀れな老人！**　と彼女は思う。**かわいそうな老人！**

19 彼はふと思ったりしたかな――死後世界で彼らが会いそびれるかもしれない理由は、死後世界が存在しないからではなくて、運命が彼を地下世界に閉じこめてしまいそうだというのに、彼女のほうは天上の楽園を浮漂していて、永遠に手がとどかないからだとは？

20 それとも逆か？

第六章

親愛なるヴィトルト

一連の詩をありがとう。こんなにくねくねしたまわり道をたどることになったとは、あなたには信じられないでしょうが、それでもついに、わたしにも読める形でやってきました。

翻訳者の息子でナターンという、感じはいいけど、ちょっと生意気な青年が、アフロディーテの詩がいちばん好きだといっていました。あなたが海底に潜って大理石像の姿をしたアフロディーテに出会う詩です。

もしもアフロディーテがわたしを表しているつもりなら、もしもわたしがアフロディーテだというつもりなら、あなたは間違いを犯しました。わたしはそんな特別な女神ではありません。女神なんかではないんですよ、まったく。

わたしがベアトリーチェだというのもおなじです。

海底のアフロディーテがまっすぐ前を見ていてあなたに気づかなかったと不満を述べていますね。わたしとしては、あなたをしっかり見ていたと思いますよ——あなたをありのままに見て、それを受け入れていました。でもたぶんあなたはもっと多くを望んでいたのでしょう。たぶんあなたのなかに神を見てほしいと思っていたのでしょう、でもそれは無理。残念ながら。

とりわけ心に沁みた詩は、あなたが小さな少年だったころ、お母さんから解剖学のレッスンを受けた詩です。あなたと知り合ってからずっと、正直いって、あなたを小さな少年と思ったことはありませんでした。理性をもった大人としておつきあいしましたし、あなたもおなじようにわたしとつきあって欲しいと思っていました。それがもうひとつの間違いだったのかもしれません。もしもわたしたちが大人の仮面を外して、子供どうしで近づいたなら、もっと上手くいっていたかもしれません。でも、もちろん、子供になるのは見かけほど簡単ではありません。

あなたはとんでもない提案をいくつかしましたね。たとえばいっしょにブラジルに駆け落ちするとか——でも、実際に求愛することはなかった。口説くことも最後までなかった。巧妙にそそのかしたりもしなかった、それはあなたも認めるはずです。

わたしは求愛されたかったんです。口説かれたかったんです。男がこの女と寝たいと思うときにならべる、あまったるいお世辞や浮ついた嘘をいわれてみたかったんです。なぜ？わからない、わかりたくもない。女が抱く、たわいもない憧れかな。

ここから立ち去り、バルデモーサへ帰ってちょうだいといったとき、なぜあんなにおとなしく従ったの？　なぜ矢つぎ早に懇願のことばを投げつけなかったの？　なぜ、**きみなしでは生きていけない！**——とかなんとか訴えなかったの？

芝居じみた仕草よね、ヴィトルト——芝居じみた仕草のこと、聞いたことないかしら？ショパンを聴いて。バラッドを聴いて。あなた自身の窮屈で狭い読みのことは忘れて。気分を変えてリアルなショパン演奏家たちに耳を澄ませてみて、ショパン音楽の大袈裟な芝居じみた仕草に嬉々としながら、ときにキーを間違えたってお構いなしの熱狂者たちに。

それに自分に死が近づいていると知ったとき、なぜわたしに手紙を書くとか電話をするとかしなかったの？　そのほうが簡単だったはず――詩を書くよりずっと簡単だったはず。あなたの隣人がいっていたけど、最期の数年はもっぱら詩ばかり書いていたそうね。音楽はもうやらなかったって。なぜ？　信念をなくしたの？

もしもあなたがダンテなら、あなたのインスピレーションのようにわたしは歴史を遡ってあなたのミューズにもなりましょう。でも、あなたはダンテではない。その証拠がこうして目の前にあります。あなたは偉大な詩人ではない。あなたが書いたわたしへの愛を読みたいと思う人はいないし――よく考えると――そのことはよかった、むしろ安堵を覚えます。わたしのことを書いてと、あなたにかぎらずどんな人に対しても頼んだことはなかったのですから。

あなたが忘れているかもしれないので、先ほど引用した詩を、新たにスペイン語訳で書いておきます（押韻はなしです）。

詩篇　20

「母さんにもあるの?」とぼくがきいたのは
風呂あがりのぼくの体を母が拭いているときだった。
「いいえ」と母はいった。「わたしは女、
受け取るようにできてるの、
でも、きみは男の子、
あたえるようにできている。
このちんちんはあたえるため――忘れちゃダメよ」
「あたえるってなにをさ?」
「喜び、啓示をあたえるの。種を
あたえてくりかえし、季節が
めぐってくるたびに
新しい作物が一気に伸びるように」

種をあたえる――とはどんな意味?
おぼろげにわかったものの
啓示となると
おぼろどころか、ちんぷんかんぷん

わが道に光明を投げかける
ベアトリーチェがあらわれるまでは。

とはいえわたしは彼女になにをあたえた?
彼女の体に
すべての女たちの体に
女神の体に入りながら?
死んだ種か種なしか
喜びもなく
光もなく

元気を出して、とママはいった。
尻尾を呑みこむ蛇のように
時間には終わりがない。
いつだって新しい時間があって
新しい生がある
ウナ・ヴィタ・ヌオヴァが。

でも、いまは
わたしの小さな王子さま
もう寝る時間です。

すてきな詩、あなたもきっとおなじ意見でしょう。

それでは。
ベアトリス

親愛なるヴィトルト

二通目の手紙です。心配しないで、そんなに多くはないので。あなたをわたしの秘密の友達にしておきたくないんです。亡霊のようにつきまとう同伴者とか、つきまとう子分なんかには。

まず最初に、昨日は芝居がかった言い方になったことをお詫びします。自分がなにを受け取ったのかわからなかったのです。あなたはダンテではないかもしれない、でもあなたの詩はわたしに大切なことを教えてくれます。どうもありがとう。

この手紙を書いているのは、あなたの最期が苦痛に満ちたものではなかったことを祈っていると伝えるためです。ワルシャワのアパートを訪ねたとき、偶然、壺に入ったあなたの遺灰を見ました。あなたの娘さんが忘れていったのか、ベルリンへ戻ったあとにとどいたのか。あなたが残したものが遺棄されているのは、現代の基準からしても、いささかぞんざいではないかと驚きました。そんなことをわたしがいうのを気になさらないなら、ですが。ワルシャワにはきっと「英雄たちの墓地」とか、そういうのがあるでしょうから、あなたはそこに埋葬されるのがふさわしいのに。

娘さんも、お友達のヤブロンスカ夫人も、あなたが亡くなったときのことでは口が固い。先日ヤブロンスカ夫人から電話がかかってきたのは、彼女がウッチのご家族を訪ねている最中でした。

このことを持ちだしたのは、最後から二番目にあたる詩篇83の余白に手書きされたことばのせいです。わたしはそれが詩の一部だと考えていましたが、翻訳者はそうではないというのです。詩篇のどの箇所にも収まらないと彼女は指摘します。おまけにそれはポーランド語でもイタリア語でもなく英語だというのです。翻訳者はそれを「エクストラ・ポエティック」と呼んでいます。問題のその語とは「助けてくれ、わたしのベアトリーチェ」です。

もしもこれが詩の一部で、「ベアトリーチェ」があなたの友人にして師であるダンテ由来の天上の存在であるなら、いいでしょう、もうこれ以上いうことはありません。でも、もしもベアトリーチェがわたしであるなら、そしてもしもこのことばを書いたときあなたがわたしに助けてくれと——ここに来て死から救ってくれと——懇願していたのなら、まずそのメッセージは、テレパシーであれなんであれ、わたしにはとどかなかったことをいっておかねばなりません。次に、たとえとどいたとしてもわたしがワルシャワにいるあなたのところへ馳せ参じることはなかったでしょう。それはブラジルへいっしょに駆け落ちするつもりになれなかったのとおなじです。わたしはあなたに好意を（この語を使わせてください）抱いていました、でもそれは、あなたのためになにもかも投げだすほど過剰な好意ではなかった。あなたはわたしに恋をしていた——それを疑ったりはしません——そして恋とは元来、過剰なものです。でもわたしの感情は、もっと濃淡のある影を帯びていて、もっと複雑でした。

あなたが無力なときにあえていうのは冷酷に思えるかもしれませんが、そんなつもりではないのです。あなたの後ろにはロマンチック・ラブという、きいきい軋む哲学的殿堂がそびえていて、そこへあなたは自分の「ドンナ」および救い主としてわたしをスルッと嵌《は》めこみました。わたしはそんなものの供給源ではありません。供給できるのは、生あるものを圧殺し絶滅させる思考回路への救済的懐疑論とわたしが考えるものくらいです。

たがいに正直であることはできますよね——どうかしら？——あなたはもう死んでいるのだから。ふりをしても意味はないでしょ？　正直になりながら残酷にはならないと心を決めましょう。

正直であるという精神に基づくなら、一連の詩のなかで最初の詩にある、わたしたちの肉体的な関係を描く下品な書き方を好きなふりをするつもりはありません。娘さんがその詩を見たのではないか、それがわたしに対する彼女の態度に出たのではないか、と思っています。彼女はわたしが、まるであなたがつきあった売春婦であるかのように接したんです。

第二の詩も感心しません。女たちを凝視する男が、わたしは一般的に好きになれません。誘惑されるのは凝視されるからではないのです——まったくちがいます。それに翻訳者が使った訳語ですが「chyme（糜汁《びじゅう》）」ってなに？　辞書には、肉体から出る液、とありますが、どういう意味?

詩篇 2

なににも増して彼は彼女を注視していたかったが、
彼は老いた巨匠なれど、そのときは若き雄鹿。
彼女を手中にできなかったゆえに
(あらわな喉、ひるがえるスカート、想像を絶する)
エロチックな奔流が彼の腰から立ちのぼり、
血のなかに、糜汁《びじゅう》のなかに立ちのぼり、
彼の視線を満たしていった。
見つめることが彼女を所有する彼の技法だった。
社交の場で魅力的な少女を無作為に選び
自分の視線上に据え、彼女をちらちら見ていたもので
(彼は彼女をスクリーンと呼んだ)
かくして秘かに彼が貪っていたのは彼方の存在
彼のベアトリーチェ

彼の源泉
ラ・モデスタ、慎み深い女だった。
（慎み深さ、気高さ、善良さは彼女の美徳、
なかでも慎み深さこそ至高のもの。）
わたしはといえば、幸運は手にできず、
やってくるのが遅すぎて、あまりに遠くで生きていて
閉じれば浮かぶ眼裏《まなうら》に、記憶の小部屋で
哀れにも小さき影のみひらひらと舞う。

難しい詩ですね——わたしには難しすぎます。翻訳がうまくいっていないということであればいいのですが、あなたが最良の審判者でしょうから。翻訳者はプロではありませんでした。

慎み深い女《ラ・モデスタ》とは、ありがとう。わたしをめぐる御高説に感謝します。おことばに沿うよう尽力いたします。

でもそろそろ遅い時刻。おやすみなさい、わたしの王子さま——もう寝る時間です。ぐっすり眠って。いい夢を見て。

それでは。
ベアトリス

追伸——また書きます。

訳者あとがき

J・M・クッツェーの恋愛小説だって？　とどぎまぎしながら草稿を読んだ。八十歳を過ぎて名匠の域に達する作家が、二十一世紀に入ったいま、いったいどんな恋愛小説を書いたのか？

「あなたは安らぎをあたえてくれる。わたしの安らぎのシンボルなんだ」と真顔でベアトリスに告げるのは、ショパン弾きで名を馳せてきたポーランド人老ピアニスト、ヴィトルトだ。バルセロナへ招聘されてショパンの「前奏曲《プレリュード》」を弾く彼は、ヨーロッパ文化の古典中の古典とされるダンテ・アリギエリの信奉者でもある。

コンサートを企画した音楽サークルの一員、ベアトリスはふたりの息子を育てあげた銀行家の妻だ。「ベアトリス」はダンテの永遠の恋人「ベアトリーチェ」のスペイン語名。

演奏会が終わったあとゲストと夕食を共にするのは友人マルガリータのはずだった。ところが彼女が急に病気になる。やむをえず代役をこなすベアトリスにヴィトルトが一目惚れして、その後もせっせとメールやCDを送ってくる。あろうことか再会のチャンスを求めてジローナまでやってきて、思いのたけを吐露するヴィトルト。ベアトリスは「安らぎのシンボルとは！　こんなばかげたことは聞いたことがない」と思ってしまうのだけれど。

すれちがう女と男の心。年齢も音楽の好みも大きく異なるふたり。それでも、ひたすら求愛してくるピアニストへの関心が女のなかでじわじわと高まっていく。なぜ気になるのか、人生半ばを過ぎてこれ以上ないほど安定した裕福な暮らしをしているのに、いったい自分はなにを求めているの？　やがてベアトリスは、マヨルカ島の家族の別荘へ、バルデモーサのショパン祭で演奏したあとのピアニストを招待する計画を立てる——夫が帰る頃に合わせて。こうして物語はベアトリスという女性の求愛されることをめぐる内面探求の旅になっていく。

これはヨーロッパ古典としてのダンテとベアトリーチェの神話的恋物語を、パスティーシュとして再創造する頌歌《オード》なのか。それとも、長きにわたりロマン主義の底を流れてきた「恋愛をめぐる男と女の感情と心理」を、現代的な視点から徹底分析した挽歌《エレジー》なのか。

（さあ、ここまで読んだ方は、まず作品を楽しんでいただきたい——それほど長くはないので。）

最初は全知の高みから語られる物語はするりとベアトリスの視点へ移る。舞台はバルセロナからしばしジローナへ移って、やがてマヨルカ島へ飛ぶ。マヨルカといえばフレデリック・ショパンとジョルジュ・サンドが逃避行した島の名だ。ショパンはこの島で「前奏曲《プレリュード》」の大部分を作曲した。「この小説の核心はその時代から来ている」とクッツェーが述べる舞台設定のおかげで、十九世紀にポーランドからパリへやってきて人気者になった病弱なピアニストと、社交界で名を馳せる子連れ作家とのスキャンダラスな恋愛の余韻が、あたりに亡霊のように漂うことになる。

恋愛小説としては不思議な構成である。だが男と女のこの世における具体的な接近は第三章で終わり、第四章の半ばからピアニストたちの生地であるワルシャワが舞台となる。この街で老ピアニストは十三世紀フィレンツェ生まれの詩人（政治家でもある）ダンテの『新生』や『神曲』に倣い、かなわぬ恋の相手「ベアトリーチェ（ベアトリス）」と死後世界で結ばれると信じて、長い詩篇を書いて死んでしまうのだ。

ベアトリスは自分宛の遺品がポーランド語で書かれた詩篇とはつゆ知らず、すったもんだの末にワルシャワへ出かけていく。ヴィトルトのアパートで発見した詩篇をバルセロナへ持ち帰り、コンピュータに打ちこんでスペイン語に翻訳しようとするが、もちろん機械は詩情をとらえそこねる。それでもベアトリスには、どうしても内容を明らかにして知りたいことがあるのだ。あれこれ悩んだ末に、やっぱりプロの翻訳者に依頼しようと決心する。詩篇はベアトリスをアフロディーテになぞらえ、肉体的な愛を具体的に描きながら精神的なものへと飛翔させようとする試みだったのだけれど……。

翻訳された詩篇には、ダンテを引用して「あなたがわたしに感じた愛は、善なるものに向かう愛へとあなたを導いた」と呼びかけるエピグラフがある。それを読んだベアトリスは「あなた」と「わたし」をそっくり入れ替えるべきだと考える。この指摘がロマン主義思想の「男と女」の構造的な関係をくっきりと照らしださずにはおかない。

ベアトリスは分析する――ロマンチストの男性は、現実に即して相手のリアルな姿を知ろうとせずに、自分の心のなかで思い描くイメージを崇拝物（フェティッシュ）にして一方的に思いを募らせ、その感覚やイメージに正当性をもたせようとする。だから生身の人間の想定外の応答に面食らい、狼狽える。

恋は盲目。そんなロマンチッククラブのもつ唯我独尊的なストーカー性を、クッツェーは心理学のメスを手に徹底解剖していく。十九世紀的ロマンスの恋情と加齢という切実な問題を七十二歳のピアニストが体現し、それを分析する現代女性の役をベアトリスが引き受ける——両者ともにクッツェーが創りだした「分身」に近い人物なのだけれど。

恋愛をめぐって女性に語らせるクッツェー作品で真っ先に思いだすのは自伝的三部作の最終巻『サマータイム』だ。すでに死んだ作家の元恋人たちに伝記作家がインタビューをする形式である。この『ポーランドの人』は「自伝」の枠組みを大きく超えて、時間、空間ともに扱う範囲が一気に広がる。

それにしても読み手のジェンダー、年齢、立ち位置などによってこれほど読後感が（読中感も）異なるクッツェー作品は、おそらく『恥辱』以来ではないか。それとなくボードレールの詩篇を文中に編みこんで始まる『恥辱』では、語りの中心にワーズワースやバイロンなどロマン派詩人の作品を自信たっぷりに教えて「実践」する五十二歳の大学教授がいた。一方この『ポーランドの人』で展開される恋愛劇は、視点をズームにすれば赤裸々な愛の悲劇、ロングショットにするとピリ辛の喜劇、苦い笑いと悲哀にみちた究極のロマンチッククラブ・コメディとなっていく。

クッツェーにはほかにも「不倫」をする既婚女性の心理を描いた「物語《ストーリー》」(二〇一四年)という短篇があって『モラルの話』に収められている。この短篇が『ポーランドの人』の原型といえるかもしれない。ところが『ポーランドの人』を読んでから再読すると、以前とは微妙に異なった印象を受けるのだ。フェミニズム思想に照らしてみると、この作家が八十歳を過ぎてなおアップデートを怠らないことがわかって、そこがすごいと理解できるだろう。「微妙に異なる」のはどこか、「物語」と『ポーランドの人』をぜひ読み比べてみてほしい。変わらないのは語り手の女性に割り振られた「うっとりと見つめられ、言い寄られる快楽」のベーシックな受動性だろうか。女性と受動性を結びつける考え方は、十代の少年のファンタジックな「憧れ」とともに作家の心に染みこんでしまったらしい。だがこれは、何世紀にもわたって男性芸術家が作品を書き、描き、評価してきた時代の価値観として男女の関係を支配してきた主流の考えであり、現代においても保守的市民階級に属するベアトリスが夫との関係を維持するための安全弁にしていることをクッツェーは見逃さない。こうして時代が引きずってきた女性の受動性という価値観にも強い光が当たる。

少年時代にクッツェーはプロの写真家を目指していた。そのころ撮った写真が『J・M・クッツェー 少年時代の写真』にまとめられた。そこにイギリスのロマン派詩人ジョン・キーツの詩集ページを撮った写真がある(八六頁)。キャプションとしてクッツェーは「なんでまた、キーツにひどく惑わされて、自分でも理解できないキーツ風ソネットを書こうなどと思ったのだろう」と『青年時代』(一九九頁)から引用している。

一九四〇年の植民地生まれといえば、ロマン主義思想にとっぷりと浸った作品群に取り巻かれて自己形成するのは避けられなかった。「芸術のための芸術」思想に支配され、「男が女をオブジェと見なす視点」が多くの書物、美術作品、音楽などの根幹を成す価値観として、柔らかい心に歯型のように刻まれたとしても無理はない。『青年時代』は「運命の女」と出会って詩人になることを夢見て、南半球の果てからロンドンへ出ていった若者の物語だった。この「ポーランドの人」では、そんな恋愛観や芸術観に骨まで透けて見えるような強い光が当てられる。だが、二〇一八年にシカゴ大学で行った講演「『子供百科』で成長すること」でクッツェー自身が「犠牲」をめぐって述べているように、人は自己形成期における時代と状況を後から相対化して批判検証することはできても、そこから完全に逃れることはできないのだ。

ちなみに章内につけられた番号はシーンの切り替えに使われているようだ。第二作『その国の奥で』のモンタージュ技法ほど明確ではないが、これは映画化、舞台化されることを考慮してのものだろう。

＊

ここでクッツェーと音楽の関係を少し振り返ってみよう。クッツェーの音楽好きは超がつくほどで、とりわけ有名なのがケープタウンの家の裏庭で、十五歳の少年の耳に隣家から聞こえてきたバッハの「平均律クラヴィーア」に「凍りついてしまった」経験である。これについては「クラシックとは何か?」（田尻芳樹訳『世界文学論集』、一四～一五頁）に詳述されているのでぜひ参照してほしい。『ポーランドの人』で扱われるのは「ロマン派」の音楽と、それに多大な影響を受けた人間の恋愛感情についてである。クッツェーはショパンやシューベルトなどロマン派音楽をどう聴いてきたのか。

その問いを解く鍵は *Diary of a Bad Year*（二〇〇七年、未訳）のなかに見つかる。この作品はページが三段に分割された、奇妙な、オーケストラ用のスコアを思わせるポリフォニックな構成で、最上段に語り手の七十二歳の作家がドイツの出版社に求められて書く「強力な意見」がならび、中下段で同じマンションに住む若いカップルとの物語が進行する。その上段二七番目に「音楽について」という文章がある。そこではクラシック音楽のなかでもとりわけ「ロマン派音楽とその時代の感情の歴史」が「憧れ」をキーワードに論じられている。これがめっぽう面白い。

それから二年後に出版された『サマータイム』には、シューベルトの弦楽五重奏曲のテープをかけながら恋人とセックスしようとする青年が出てくる。「感覚の歴史に関して、あることを論証」しようとした青年の実験は、しらけきった相手から辛辣にからかわれ、徹底的に撥ねつけられてあられもなく失敗するのだが、そこではポスト・ボナパルト時代のロマン派音楽に対するクッツェーの哲学思想が展開されている。（『サマータイム』四二〇～四二二頁）

本作中でヴィトルトが「なぜショパンが重要か?　それはわれわれ自身について教えてくれるからです。われわれの欲望について」と語っているが、そのショパンを訳者も翻訳作業の開始と同時にさまざまな演奏で浴びるように聞いてみた。ベアトリスが好きだというクラウディオ・アラウ・レオン、イタリア風というのでマウリツィオ・ポリーニ、熱烈なマルタ・アルゲリッチ、ポーランド生まれのクリスチャン・ツィメルマンとアルトゥール・ルービンシュタイン。「俺は天才」とばかりに煽《あお》るサンソン・フランソワ、感情を排して一音一音を屹立させるアレクシス・ワイセンベルク、そしてウラディーミル・アシュケナージのフェミニンなショパン。十年ほど前に出たショパンの伝記も電子版でざっくり読んだ。ちなみにクッツェーは、「天才」とはヨーロッパのロマン主義の創造物だ、と南アフリカの「天才詩人」ユージン・マレーの伝記映画の評（一九七七年）で書いている。

これは余談だけれど、『鉄の時代』を訳していたころクッツェーに「ミセス・カレンがピアノに向かってショパン、バッハ、ブラームスを弾く場面が出てきますが、あなたの好きな演奏家は誰ですか」と質問したことがある。すると「ショパンについては若い演奏家は知らないが、ルーマニア人のディヌ・リパッティが好きです、何年も前に亡くなったけれど」という返事がきた。そうか、リパッティか。左手の刻む安定したリズムにのせて、右手が穏やかでリリカルなメロディを奏でるリパッティ。じつに抑制の効いた抒情性だ。

ほかのクッツェー作品で「ショパン」の名が出てくるのは、『エリザベス・コステロ』の第一章「リアリズム」でコステロの母親がワルツを弾いていた記憶と、『鉄の時代』でカレンが「前奏曲」を弾く場面くらいである。

＊

この作品の影の主人公ともいうべき「言語と翻訳とコミュニケーション」の話へ進もう。とにかくいろんな言語が出てくる。

最初の舞台はスペインのバルセロナだが、招聘されるピアニスト、ヴィトルトの第一言語はポーランド語だ。音楽用語は基本的にイタリア語で、ダンテの信奉者でもある彼は書き残した詩篇にエピグラフとして古いイタリア語を引用する。またリンガ・フランカによる親密なコミュニケーションの悲劇的なまでの「伝わらなさ」がコミカルに描かれてもいる。

バルセロナで生まれて育ち、そこで暮らしていてるベアトリスの第一言語はカタルーニャ語だが、若いときにアメリカに留学したので英語は流暢に話せる。ピアニストのほうはかつての妻が英語の教師をしていたおかげで英語は話せるが、文法的には正しいながら不器用な言いまわしで、削りに削った骨まで透けて見えるような英語だ。娘はドイツに住んでいて、ふだんはドイツ語を使っていることが電話の会話からわかる。

その娘から、ワルシャワのアパートに自分宛の遺品が残されていると知らされたベアトリスは、娘の指示に従ってヴィトルトの隣人パニ・ヤブロンスカに電話をかける。ポーランド語のできる知り合いがいないため、とりあえず室内楽オーケストラにいるロシア人ヴァイオリニストに、ロシア語で簡単な文章を作って読みあげてもらうことを思いつく。ヴァイオリニストは、ポーランド人にいきなりロシア語で話しかけるのは侮辱に近い、と警告しながらも助けてくれる。だが何度かけても応答がない。しばらくして、いきなり電話してきたパニ・ヤブロンスカが早口でまくしたてるのはフランス語だ。

さらにヴィトルトが書き残した詩篇をスペイン語へ翻訳するセニョーラ・ヴァイスは、イタリア語なまりのカスティーリャ語を話す人で、その息子の反応から親子はどうやらユダヤ系らしい、といったふうにヨーロッパ言語がこれでもかといった感じで絡まり合う。翻訳された詩にはダンテのみならず、オクタビオ・パスの英訳まで引用されているというにぎやかさだ。


そんなわけでこれは多くの方々のご教示なしには仕上がらなかった翻訳である。完成できたのは次にお名前をあげる方々のご協力あってのことで、心からの謝辞を述べたい。

まず質問や依頼に素早く丁寧に応じてくれたジョン・クッツェー氏に深謝します。そして多出するスペイン語（カスティーリャ語やカタルーニャ語）の意味と、地方によって微妙に異なる固有名の発音、日本語として定着している表記など、とても丁寧に教えてくださった柳原孝敦さんにお礼を申しあげたい。

ポーランド語については、英文中に最初は不完全な形で出てきた固有名や『家族の友達』なる小説など、度重なる厄介な質問で西成彦さんのお手をわずらわせた。ありがとうございました。また、ロシア語のラテン文字表記が英語テクストとスペイン語訳では微妙にちがっていて（これは部外者の理解を超える問題なのだが）沼野充義さんに丁寧に説明していただいた。深く感謝します。

ダンテ作品からの引用など古いイタリア語については、北代美和子さんが詳しく調べてくださった。また、ピアノ奏法で使われる「レガート」について、ある著名な音楽家からご教示いただいたが、聞き慣れた音楽用語とはいえ、現場でどのように使われるのかは確認しなければ危ういことをあらためて学んだ。

みなさまにはここでもう一度、心からの謝辞を述べさせていただきます。

また寝台をめぐるギリシア神話について資料を示し、ドイツ語の発音について調べてくれた家人、森夏樹にも感謝。フランス語は訳者が確認した。

ヴィトルトの書いた詩に異論をつぶやきながらも、最終章の追伸に「また書きます」と書くべアトリス。辛口のユーモアとこれで終わりではないと伝える優しさで、しみじみとさせる幕引きである。なお詩篇の翻訳は訳者がもっとも楽しんだところだった。


これは作家の第一言語である英語で書かれた作品だけれど、英語文化の覇権性に抗うクッツェーは、『モラルの話』『イエスの死』に続いてまずアルゼンチンの「アリアドネの糸」から二〇二二年七月、カスティーリャ語訳の“*El Polaco*”として出版した。直後に多くの記事がスペイン語圏の新聞、雑誌に載り、英語圏ではニューヨーカー誌にも書評記事が載った。

出版の順序についてクッツェーは、スペインの日刊紙「EL PAÍS（英語版）」のメール・インタビューに答えて「具体的にどんな結果になるかはわからないが、自分にとっては北より南で最初に出版されることのシンボリズムが大切」なのだと語っている。また、深い奥行きのある物語をここまでコンパクトに凝縮する作家は、自分の文章について「何年も書いてきて思うことは、自分は良質で、シンプルで、エコノミカルな英文を書いていることだ。文章にたっぷりと構文上のフレキシビリティをつけて魅了しながら、音楽的な視点から、読者の注意を惹きつけておける英文を」と述べている。

翌年三月にオランダ語訳 *"De Pool"* がコッセ・パブリッシャーから出版されると「人間性を痛々しいほど晒しながらその不完全さをここまで赤裸々に描きだせる同時代作家を知らない」（日刊紙 Trouw）と評されて発売一週間で重版となった。そして五月にはドイツ語訳 *"Der Pole"* とカタルーニャ語訳 *"El polonès"* が出版されて、日本語訳（本書）が続くことになる。英語版は七月にオーストラリアのテクスト・パブリッシングから、九月に米国のライブライトから、十月に英国のハーヴィル・セッカーから出版される予定である。

先行したカスティーリャ語訳は翻訳者、マリアナ・ディモプロスらの意見を入れて書き換えていく「共同作業」になったと伝えられるため、この作品にはいくつかのバージョンが残りそうだ。日本語訳は基本的に訳者の手元にとどいた最初の英文テクスト「最終草稿7」（2021.10.5 修正版）を使い、改訂された英語版の最終ゲラ（US版）と全面的に照合し、加筆訂正したことを明記しておく。

作品の草稿がPDFで届いてから出版にいたるまで、今回も白水社編集部の杉本貴美代さんのお力をたっぷりとお借りした。心からの感謝を！　ありがとうございました。

二〇二三年四月　新緑の北半球から

くぼたのぞみ

訳者略歴

くぼたのぞみ (Nozomi Kubota)
1950年、北海道生まれ。翻訳家・詩人。
著書に、『J・M・クッツェーと真実』(読売文学賞)、『山羊と水葬』、『鏡のなかのボードレール』、『記憶のゆきを踏んで』など。訳書に、J・M・クッツェー『マイケル・K』、『鉄の時代』、『サマータイム、青年時代、少年時代——辺境からの三つの〈自伝〉』、『ダスクランズ』、『モラルの話』、『少年時代の写真』、チママンダ・ンゴズィ・アディーチェ『男も女もみんなフェミニストでなきゃ』、『アメリカーナ』、『半分のぼった黄色い太陽』、『なにかが首のまわりに』、サンドラ・シスネロス『マンゴー通り、ときどきさよなら』、『サンアントニオの青い月』など多数。共訳に、ポール・オースター/J・M・クッツェー『ヒア・アンド・ナウ　往復書簡 2008–2011』などがある。

ポーランドの人

2023年5月20日　印刷
2023年6月10日　発行

著者　J・M・クッツェー
訳者 © くぼたのぞみ

発行者　岩堀雅己
発行所　株式会社白水社
〒101-0052
東京都千代田区神田小川町3-24
電話　営業部　03-3291-7811
　　　編集部　03-3291-7821
振替　00190-5-33228
www.hakusuisha.co.jp
印刷所　株式会社理想社
製本所　誠製本株式会社

乱丁・落丁本は、送料小社負担にてお取り替えいたします。
ISBN978-4-560-09346-7　Printed in Japan